한 사람의
노래가
온 거리에
노래를

한 사람의
노래가
온 거리에
노래를

신경림 외 지음

창비시선 500
특별시선집

창비

삶과 삶을 잇는 아름다움

창비시선이 출간된 지 49년이 지났고, 그사이 500권에 이르는 시집이 세상에 나왔다. 숫자의 규모가 어떤 인상을 줄수는 있지만 그것만으로 이 오랜 시간의 의미가 온전히 파악되기를 기대하기란 당연히 어렵다. 한권의 시집이 담아낸 고유의 시간은 시인 한 사람의 시간을 초과한다. 시의 언어에는 시인 육체의 생물학적 시간을 넘어선 무언가가 들어있는데, 창비에서 발간된 시집이라면 그것을 이 땅의 역사라고 말해도 무리는 아니라고 생각한다. 이때 역사는 연대기적 시간과는 거리가 있다. 우리가 살고 있는 현실의 아래에서 꿈틀거리며, 현실의 깊이를 이루는 것은 물론이고 어떤 변화의 동력 또한 만들어내는 저류의 흐름이 실은 저 역사라는 말에 가까울 것이다. 창비시선이 500권에 이르렀다는 사실은 살아 있는 역사를 접한 생생한 기록이 500권의 시언어를 통해 우리 앞에 차곡차곡 쌓여 있다는 말과 다르지않다.

읽는 이의 입장에서는 아주 풍부한 기억의 공유지를 만나게 된 것이다. 이 풍부한 공유지를 바탕으로 이 땅에서 삶을 가꾼 다양한 존재들과 새롭게 관계를 맺으며 우리의 삶을 다시 돌아볼 가능성이 지금 우리 앞에 놓였다. 저 기쁨을 나눌 방법을 고민하다 창비시선 500 기념시선집 『이건 다만 사랑의 습관』의 저자, 즉 창비시선 401부터 499까지를 펴낸 시인들의 힘을 빌렸다. 이들은 창비의 시를 가장 가까이에서 지켜봐왔으며, 또 이들 각각의 안목을 빌려 빛나는 보물 하나씩을 발견할 가능성이 크다고 여겼기 때문이다. 창비시선 전 시집에 수록된 시 가운데 가장 좋아하거나 즐겨 읽는 시편들을 추천해달라는 요청에 총 77명의 시인이 애송시를 보내주셨고 이 가운데 중복되는 작품과 시인을 추려내는 등 최소한의 선별 과정만을 거쳐 한권의 시선집을 묶었다. 73편의 시를 4부로 구성하고 순서를 배치하는 데는 박준 시인의 도움이 있었으며, 시선집의 제목 '한 사람의 노래가 온 거리에 노래를'은 신경림 시인의 『농무』(창비시선 1)의 수록작 「그 여름」의 시구에서 따왔다. 눈 밝은 시인들 덕분에 다양한 시들이 친근한 이웃처럼 한자리에 모였다. 이들의 면면을 보다보면 누구에게나 놀랄 만한 일이 하나쯤 일어난다. 이렇게 좋은 시들을 모르고 살았단 말인가 하는 생각이 슬그머니 일어나는 대목도 있을 것이며, 시가 쓰인 시기를 다시 한번 고쳐 읽게 되는 현재성 넘치는 언어에 놀라게 되기도 할 것이다. 무엇보다 이 시편들을 읽어나가다보면 우리가 잊고 있었거나 소홀히 했던 어떤 삶의 방식에 대한 놀라움이 잇따른다.

　창비시선이 지닌 특징 중 하나는 개인의 내면에 머무는 시선이 아니라 특정 장소와 시대 안에서 관계를 형성하는 사람들이 주고받는 눈길이 드러난다는 점이다. '시민'이라고도 불리고 '민중'이라고도 불려온 집합적 주체들의 힘 있는 모습이 시 속에서 펼쳐지는 것이라고 할 수도 있겠다. 이 시선집에 실린 한 구절을 빌리자면, "사람 사는 세상을 사랑합니다"(김용택 「사랑」)라는 목소리가 환기하는 지점과 유사하다. 부동산이나 금융상품처럼 사람이 아닌 것들이 주인이 되고 돈과 권력을 쥐면 뭐든지 되는 세상이 아니라, 사람 사는 세상에 대한 질문과 이미지가 창비시선에는 있다. 그래서 창비시선에는 유독 '사람'이라는 단어가 자주 등장한다. 이는 "한때 여기에도 사람이 살았어"(전동균 「단 한번, 영원히」) 같은 서정의 언어로 드러나기도 한다. 사람이 살던 곳이, 더 이상 사람이 사는 자리가 되지 못하는 현실에 대한 질문을 끊임없이 언어 속에 새겨넣는 것이다.

　세상에 대한 질문은 또 어떤가. 시인들은 세상이 어떤 병을 앓고 있는지 듣고, 이 땅의 슬픔을 자진해서 짊어지기도 한다. "사월에서 오월로 건너오는 동안 내내 아팠다"(도종환 「화인(火印)」)라는 구절처럼 그들은 병든 세계에서 벌어진 끔찍한 참극을 자신과 무관한 사건으로 여기지 않으며 사회적 책임을 나누려는 목소리를 들려준다. 이시영의 「어느 날 죽음이……」에 그려진 '죽음'은 우리가 사는 삶이 제대로 된 삶인지 묻고 세상이 숨기려 드는 심각한 문제를 암시적으로 드러낸다. 한편으로 세상의 문제를 회피하지 않는 일은 사라지거나 없어진 길을 만드는 일이기도 하다. 백무산이 왜 구도자처럼 소를 끌고 길을 떠나고 있는지, 그 길 끝에 놓인 집이 무엇인지를 묻는 일은(「소를 끌고」) 우리가 어떻게 살지를 에둘러 묻는 일과 다르지 않다. 양애경이 그린 「이모에게 가는 길」에 그려진 눈물의 여정을 읽다보면 대가 없이 우리를 돌보던 존재의 자리가 서서히 힘을 잃어가는 모습을 확인하고 가슴이 철렁 내려앉을지도 모를 일이다.

특정한 데 중심을 두고 세상이 돌아갈 때, 가령 서울의 삶을 표준으로 여기며 지역을 차별하고 외면할 때 창비의 시선들은 지역과 그곳의 삶에 관심을 둔다. 신경림의 「목계장터」는 언제 봐도 애틋하면서도 반갑고, 조태일의 「국토서시(國土序詩)」는 늘 강건하다. 이 선집에 실린 김해자의 '광덕'(「광덕부르스」), 박홍식의 '시골'(「시골길 가겟집에」) 등도 빼놓을 수 없다. 거기에는 대도시의 증상과는 거리를 둔, 다시 말해 서울에서는 관찰하기 어려운 사람들의 정겹고 다정한 모습이 담겨 있다. 이성부의 「전태일군(君)」이나 정희성의 「저문 강에 삽을 씻고」가 노동하는 사람을 푸대접하는 세상과 그에 맞서 싸우는 건강한 노동자를 그려내고 있음은 누구나 쉽게 알 수 있다. 이러한 관점은 창비시선이 꾸준히 이어온 것이기도 하다. 고형렬의 「사북(舍北)에 나갔다 오다」, 송경동의 「사소한 물음들에 답함」, 박성우의 「거미」, 이정훈의 「오버런」, 안현미의 「아버지는 이발사였고, 어머니는 재봉사이자 미용사였다」, 그리고 최지인의 「마카벨리전(傳)」까지, 창비시선은 노동자의 고통과 지혜 속에서 세상을 정면으로 마주하는 용기를 지속적으로 그려왔다.

소수자의 정체성으로 인해 차별과 고통을 받는 삶의 자리에도 창비시선은 가닿아 있다. 최영숙의 「울음이 있는 방」, 김언희의 「4월의 키리에」, 김선우의 「어라연」, 조말선의 「당신의 창문」, 이근화의 「산갈치」 등은 여성의 삶이 통과한 시련과 고통을 또렷하게 기록하고 있고, 김현의 「형들의 사랑」에는 사람과 사람 사이의 사랑을 허락하지 않는 낡은 현실이 까발려져 있다. 신동엽의 「산문시 1」처럼 모든 이의 근원적 평등과 평화를 지향하는 감각도 중요하다. 이 감각은 우리가 처한 현실이 분단체제라는 점을 새삼 떠올리게 한다. 분단과 더불어 작동하는 각종 폭력과 불의에 문제를 제기하는 자세를 창비시선은 귀하게 여긴다. 돌처럼 단단한 결기가 감지되는 시편들도 있다. 민영의 「수유리에서」나 김남주의 「노래」 그리고 곽재구의 「사평역에서」가 그것인데, 현실의 문제에 당당하게 맞섰던 이들의 존엄이 저 시편들에서 배어 나온다는 사실을 부정할 이는 없을 것이다.

그리고 이 모든 설명을 넘어 자연스럽게 시로 붙잡아둔 순정함이 있다. 어두운 생각과 느낌들을 뿌리치고 적어놓은 만남의 신비와 삶다운 삶의 기쁨과 슬픔 같은 것들이 이 시선집의 곳곳에서 빛을 낸다. 귀뚜라미의 작은 울음에 마음이 제자리를 찾아가는 이야기(나희덕 「귀뚜라미」), 멀리 떼어놓고 온 고양이 한마리와의 관계 속에서 사람의 순한 바탕을 확인하는 이야기(안희연 「탁묘」), "누구도 핍박해본 적 없는 자의 빈 호주머니"(김사인 「코스모스」) 같은 이야기가 이 시집을 따뜻하게 비추고 있다. 모든 작품들을 일일이 호명하지 못한 것이 아쉽지만 여기 실린 작품 하나하나가 한 사람 한 사람의 독자들에게 저마다의 빛깔과 향기로 가닿으리라고 믿는다. 또한 이 풍부한 기억의 공유지에 발을 담근 사람이라면 작품 하나하나에 살아 있는 생생한 삶의 모습을 자신의 방식으로 다시 감각할 수밖에 없을 것이다.

창비시선이 500번째 시집을 낸 것은 한국시의 저력을 보여주는 동시에 이 땅에서 당당하고 떳떳한 삶을 갈망해온 존재들의 힘을 증명한다. 그리고 아름다움이 삶과 삶을 잇는 튼튼한 다리가 될 수 있다는 사실을 오래전부터 믿어온 시인과 독자들이 그 여정에 큰 버팀목이 되었을 것이다. 이 힘들이 있기에 앞으로 창비시선과 한국시가 걸어갈 발걸음도 거뜬하리라 믿는다.

송종원 『창작과비평』 편집위원·문학평론가

차례

제1부   우리는 이토록 생생한 봄을 상상했다

제2부 사랑이 힘이 되지 않던 시절

제3부 발바닥이 다 닳아 새살이 돋도록

제4부 더 낮고 험한 곳으로

제1부

우리는
이토록 생생한 봄을
상상했다

김수영

책

　책을 한권 가지고 있었지요. 까만 표지에 손바닥만 한 작은 책이지요. 첫장을 넘기면 눈이 내리곤 하지요.

　바람도 잠든 숲속, 잠든 현사시나무들 투명한 물관만 깨어 있었지요. 가장 크고 우람한 현사시나무 밑에 당신은 멈추었지요. 당신이 나무둥치에 등을 기대자 비로소 눈이 내리기 시작했지요. 어디에든 닿기만 하면 녹아버리는 눈. 그때쯤 해서 꽃눈이 깨어났겠지요.

　때늦은 봄눈이었구요, 눈은 밤마다 빛나는 구슬이었지요.

　나는 한때 사랑의 시들이 씌어진 책을 가지고 있었지요. 모서리가 나들나들 닳은 옛날 책이지요. 읽는 순간 봄눈처럼 녹아버리는, 아름다운 구절들로 가득 차 있는 아주 작은 책이었지요.

허수경

아픔은 아픔을 몰아내고
기쁨은 기쁨을 몰아내지만

　장님인 시절 장님의 시절 술 마시는 곳 기웃거리며 술병
깨고 손에 피를 흘리며 여관에서 혼자 잠, 여관 들어선 자리
밑 옛 미나리꽝 맑은 미나리순이 걸어 들어와 저의 손으로
내 이마를 만지다, 아픔은 아픔을 몰아내고 기쁨은 기쁨을
몰아내고 장님인 시절 장님의 시절은 그렇게 가고……

문태준

꽃 진 자리에

생각한다는 것은 빈 의자에 앉는 일
꽃잎들이 떠난 빈 꽃자리에 앉는 일

그립다는 것은 빈 의자에 앉는 일
붉은 꽃잎처럼 앉았다 차마 비워두는 일

이제니

옥수수 수프를 먹는 아침

옥수수 수프를 먹는 아침
탁자가 필요하고
이왕이면 둥글고 따뜻한 탁자가 필요하고
의자가 필요하고
이왕이면 둥글고 따뜻한 의자가 필요하고
그릇이 필요하고
이왕이면 둥글고 따뜻한 그릇이 필요하고
누군가가 필요하고
이왕이면 둥글고 따뜻한 누군가가 필요하고
옥수수 알갱이는 노란색
알갱이 알갱이 알갱이 수프 속에 둥둥둥 떠 있고
알갱이마다 생각나는 얼굴 몇개 죽었고 사라졌고 지워
졌고
이제는 없으니까 알갱이를 먹는 겁니다
둥글고 따뜻한 알갱이를 먹는 겁니다
국물도 있어요 국물도 맛있어요
옥수수 알갱이는 노란색
알갱이 알갱이 알갱이 흘리지 마세요

알갱이 알갱이 알갱이 흘리면 슬퍼져요

나는 알갱이처럼 말을 아끼는 사람

지금도 아침이면 아껴야 할 알갱이들의 목록을 수첩에 적
는다

어째서 단 한번도 본 적 없는 알갱이에 대해 이미 알고 있
는 걸까

알갱이 알갱이 당신이 알갱이를 볼 수 있는 건

알갱이를 볼 수 있다고 믿기 때문이다

알갱이 알갱이 알갱이 옥수수 알갱이는 노란색

둥글고 따뜻한 알갱이 알갱이 알갱이

어쩌면 언제든 볼 수 있다고 믿고 싶은

조금은 그리운 알갱이 알갱이 알갱이

최영숙

울음이 있는 방

1

한 여인이 운다네
다 큰 한 여인이 운다네
이곳은 물소리가 담을 넘는 오래된 동네
나 태어나 여직 한번도 옮긴 적 없다네
그런 동네에 여인의 울음소리 들리네
처음엔 크게 그러다 조금씩 낮게
산비알 골목길을 휘돌아 나가네
햇빛도 맑은 날 오늘은 동네가 유난히 조용하네
한 우물 깊어지네

2

그 소리 듣네
마루 끝에 쪼개진 볕바라기 하며
여인의 울음소리 듣고 있네
왜 우나, 사과궤짝에 칸나를 올린 그 집
건너다보면 붉은 꽃대 환하게 흔들리던 곳
울음 뒤에 남는 마른 눈물자국

고요가 더 아픈 것이지만 이젠 들리지 않는
여인의 울음소리 귓전에 맴도네
바람도 없이 스르르 종잇장이 흘러내리네

3
그런 방 기억에 있네
바람 부는 초봄이었는지 제 그림자 지우며
기인 담벼락 양지를 따라가던 그 끝에
울음이 있는 방 그늘은 깊었네
소리 내어 울지도 못하는
눈물은 왜 배고픔인지
허기진 꽃대 마당 가득 휘어 있었네
그 여인 아직도 울고 있는지
어린 날의 나 아직도 품고 있는지

4
세월은 강,
(그 강가에서 아이는 오래 발등을 적시었을까, 산그림자

깊은 강물 어둠이 내리기 전에 떠나야 했지만 기억은 언제나 그 그늘 방 앞에 멈추고 있어, 신문지 상보가 덮인 밥상이 하나 물에 만 밥 한술 허공에 걸려 내려오지 않았다 어서어서 자랐으면, 우리 집 분꽃은 허리만 길어 가을이 되어도 씨앗 영글지 못했다 공기 속을 떠다니는 먼지의 입자 한줄기 빛을 따라가면, 가다보면…… 나, 그곳에 데려다줄래?)

정호승

어머니를 위한 자장가

잘 자라 우리 엄마
할미꽃처럼
당신이 잠재우던 아들 품에 안겨
장독 위에 내리던
함박눈처럼

잘 자라 우리 엄마
산 그림자처럼
산 그림자 속에 잠든
산새들처럼
이 아들이 엄마 뒤를 따라갈 때까지

잘 자라 우리 엄마
아기처럼
엄마 품에 안겨 자던 예쁜 아기의
저절로 벗겨진
꽃신발처럼

황유원

별들의 속삭임

시베리아의 야쿠트인들은
입김이 뿜어져 나오자마자 공중에서 얼어붙는 소리를
별들의 속삭임이라고 부른다

별들의 속삭임을 들어본 건 아마
야쿠트인들이 처음이었을 거다
그들 말고는 그 누구도 그 어떤 소리에
별들의 속삭임이라는 이름을 붙여준 적 없었을 테니까

너무 춥지 않았더라면
너무 추워서 하늘을 날던 새들이 나는 도중 얼어
땅에 쿵,
얼음덩어리로 떨어질 정도가 아니었더라면
별들은 속삭이지도 않았을 거다

별들의 속삭임은 가혹해서 아름답고
아름다워서 가혹한 lo-fi 사운드
그것은 가청주파수 대역의 소리를 원음에 가깝게 재생하

는 데는 별
　　관심이 없는 아름다움이고

　　별들의 속삭임을 듣는 자는 시베리아 아닌 그 어디서라도
　　하늘의 입김이 얼어붙는 소리를 듣는다
　　추운 날 밖에서 누군가와 나눠 낀 이어폰에서도 별들이
얼어
　　사탕처럼 깨지며 흩날리는
　　가루 소리를 듣고

　　머리가 당장 깨져버릴 것처럼 맑을 때
　　머리가 벌써 깨져버린 것처럼 맑을 때
　　그런 맑고 추운 밤이면 사방 어디서라도
　　별들이 속삭이는 소리 들려온다
　　무심한 아름다움이다

강성은

검은 호주머니 속의 산책

손이 시려서 너의 호주머니에 손을 넣었다
눈이 펄펄 날리고 있어서
나의 한 손을 거기 넣었다
그 캄캄한 곳에 너의 손이 있어서
나의 한 손을 거기 넣었다
그날 우리는 걸어서 어디로 갔나

두근거리는 손 때문에 우리는 걷고 또 걸었다
흰 눈이 내리는데 햇빛이 환한데
낯선 곳에서 길을 잃었는데
심장이 된 손에 이끌려
우리는 쉬지 않고 걸어서 어디로 갔나

우리는 발걸음을 멈춘 적이 없는데
우리는 잡은 두 손을 놓은 적이 없는데
호주머니 속에서
불안은 지느러미를 흔들며 헤엄쳐 다니고
그림자로 존재하는 식물들이 무서운 속도로 자라났다

우리 두 손은 검게 썩어 들어갔다

어째서 너의 손은 이토록 비릿하고 아름다운가
우리는 말하지 않았다
검은 피가 흘러나와 우리 발목을 적실 때에도
우리는 이토록 생생한 봄을 상상했다

언젠가 우리는 각자 다른 계절을 따라 사라졌지만
호주머니 속에는 아직도 폐허의 공터에
날카로운 손톱으로 서로를 깊숙이 찌른 두 손이
펄펄 날리는 흰 눈을 맞고 서 있다

신용목

새들의 페루

새의 둥지에는 지붕이 없다
죽지에 부리를 묻고
폭우를 받아내는 고독, 젖었다 마르는 깃털의 고요가 날
개를 키웠으리라 그리고

순간은 운명을 업고 온다
도심 복판,
느닷없이 솟구쳐 오르는 검은 봉지를
꽉 물고 놓지 않는
바람의 위턱과 아래턱,
풍치의 자국으로 박힌

공중의 검은 과녁, 중심은 어디에나 열려 있다

둥지를 휘감아 도는 회오리
고독이 뿔처럼 여물었으니

하늘을 향한 단 한번의 일격을 노리는 것

새들이 급소를 찾아 빙빙 돈다

환한 공중의, 캄캄한 숨통을 보여다오! 바람의 어금니를
지나
그곳을 가격할 수 있다면

일생을 사지 잘린 뿔처럼
나아가는 데 바쳐도 좋아라,
그러니 죽음이여
운명을 방생하라

하늘에 등을 대고 잠드는 짐승, 고독은 하늘이 무덤이다,
느닷없는 검은 봉지가 공중에 묘혈을 파듯
그곳에 가기 위하여

새는 지붕을 이지 않는다

신동엽

산문시 1

스칸디나비아라던가 뭐라구 하는 고장에서는 아름다운 석양 대통령이라고 하는 직업을 가진 아저씨가 꽃리본 단 딸아이의 손 이끌고 백화점 거리 칫솔 사러 나오신단다. 탄광 퇴근하는 광부들의 작업복 뒷주머니마다엔 기름 묻은 책 하이데거 러셀 헤밍웨이 장자(莊子) 휴가여행 떠나는 국무총리 서울역 삼등대합실 매표구 앞을 뙤약볕 흠쓰며 줄지어 서 있을 때 그걸 본 서울역장 기쁘시겠소라는 인사 한마디 남길 뿐 평화스러이 자기 사무실 문 열고 들어가더란다. 남해에서 북강까지 넘실대는 물결 동해에서 서해까지 팔랑대는 꽃밭 땅에서 하늘로 치솟는 무지갯빛 분수 이름은 잊었지만 뭐라군가 불리우는 그 중립국에선 하나에서 백까지가 다 대학 나온 농민들 트럭을 두대씩이나 가지고 대리석 별장에서 산다지만 대통령 이름은 잘 몰라도 새 이름 꽃 이름 지휘자 이름 극작가 이름은 훤하더란다 애당초 어느 쪽 패거리에도 총 쏘는 야만엔 가담치 않기로 작정한 그 지성(知性) 그래서 어린이들은 사람 죽이는 시늉을 아니하고도 아름다운 놀이 꽃동산처럼 풍요로운 나라, 억만금을 준대도 싫었다 자기네 포도밭은 사람 상처 내는 미사일기지도 탱크

기지도 들어올 수 없소 끝끝내 사나이나라 배짱 지킨 국민들, 반도의 달밤 무너진 성터 가의 입맞춤이며 푸짐한 타작소리 춤 사색(思索)뿐 하늘로 가는 길가엔 황토빛 노을 물든 석양 대통령이라고 하는 직함을 가진 신사가 자전거 꽁무니에 막걸리병을 싣고 삼십리 시골길 시인의 집을 놀러 가더란다.

송경동

사소한 물음들에 답함

어느 날
한 자칭 맑스주의자가
새로운 조직 결성에 함께하지 않겠느냐고 찾아왔다
얘기 끝에 그가 물었다
그런데 송동지는 어느 대학 출신이오? 웃으며
나는 고졸이며, 소년원 출신에
노동자 출신이라고 이야기해주었다
순간 열정적이던 그의 두 눈동자 위로
싸늘하고 비릿한 막 하나가 쳐지는 것을 보았다
허둥대며 그가 말했다
조국해방전선에 함께하게 된 것을
영광으로 생각하라고
미안하지만 난 그 영광과 함께하지 않았다

십수년이 지난 요즈음
다시 또 한 부류의 사람들이 자꾸
어느 조직에 가입되어 있느냐고 묻는다
나는 다시 숨김없이 대답한다

나는 저 들에 가입되어 있다고
저 바다물결에 밀리고 있고
저 꽃잎 앞에서 날마다 흔들리고
이 푸르른 나무에 물들어 있으며
저 바람에 선동당하고 있다고
가진 것 없는 이들의 무너진 담벼락
걷어차인 좌판과 목 잘린 구두,
아직 태어나지 못해 아메바처럼 기고 있는
비천한 모든 이들의 말 속에 소속되어 있다고
대답한다 수많은 파문을 자신 안에 새기고도
말 없는 저 강물에게 지도받고 있다고

조온윤

묵시

내가
창가에 앉아 있는 날씨의 하얀 털을
한 손으로만 쓰다듬는 사람인가요?
그렇지 않습니다

다섯개의 손톱을 똑같은 모양으로 자르고
다시
다섯개의 손톱을 똑같은 모양으로 자르고

왼손과 오른손을 똑같이 사랑합니다

밥 먹는 법을 배운 건 오른손이 전부였으나
밥을 먹는 동안 조용히
무릎을 감싸고 있는 왼손에게도
식전의 기도는 중요합니다

사교적인 사람들과 식사 자리에 둘러앉아
뙤약볕 같은 외로움을 견디는 것도

침묵의 몫입니다

혼자가 되어야 외롭지 않은 혼자가 있습니다

밥을 먹다가
왜 그렇게 말이 없냐고
말을 걸어오면
말이 없는 이유를 생각해보다
말이 없어집니다

다섯개의 손톱이 웃는 모양이라서
다섯개의 손톱도 웃는 모양이라서
나는 그저 가지런히 열을 세며 있고 싶습니다

말을 아끼기에는
나는 말이 너무 없어서
사랑받는 말을 배우고 싶다고
말한 적이 있습니다

식탁 위에는 햇볕이 한줌 엎질러져 있어
커튼을 쳐서 닦아내려다
두 손을 컵처럼 만들어 햇볕을 담아봅니다

이건 사랑받는 말일까요
하지만 투명한 장갑이라도 낀 것처럼
따스해지기만 할 뿐
아무런 소리도 들리지 않습니다
침묵을 오랫동안 사랑하는 사람들이 있습니다

당신 곁에 찾아와
조용히 앉아만 있다
조용히 사라지는 사람이 있습니까
그가 나의 왼손입니다

조말선

당신의 창문

검푸른 당신의 창문 수심이 깊은 당신의 창문 물고기처럼
성별을 알 수 없는 그림자가 어른거리는 당신의 창문 당신
이 없는 틈에 익사체처럼 떠오르는 당신의 여자가 쿨럭쿨럭
허공으로 검푸른 물을 게워내는 당신의 여자가 물고기들을
게워내고 수초들을 게워내고 당신을 게워내는 당신의 여자
가 하품하듯 창문을 열고 이불처럼 무겁게 펄럭인다 당신이
빨래집게처럼 어둑어둑 서 있는 당신의 창문 수족관처럼 폐
쇄적인 당신의 창문 노출을 꺼리는 당신의 창문 완전히 노
출된 당신의 창문 형광등의 조도로 전략을 조절하는 당신의
창문 알려지지 않은 사생활이 통통 불어나는 당신의 창문
몇 차례 익사체가 떠올랐다는 당신의 창문 한 사람이 많은
사람인 당신의 창문 많은 사람이 한 사람인 당신의 창문 흥
미롭게 당신을 관람하는 당신의 창문

황인찬

이것이 나의 최선, 그것이 나의 최악

어두운 밤입니다

형광등은 저녁 동안의 빛을 아직 다 소진하지 못하고 희미한 빛을 뿜습니다 하지만 금세 꺼져버리는군요

밖에서는 청년들이 떠드는 소리, 지금이 몇시냐고 외치는 소리, 이윽고 모든 것이 조용해집니다

직전에 멈춰야 해요
요새는 그런 생각에 사로잡혀 있습니다

날이 추워져서 얇은 이불로는 따뜻하지 않습니다 시린 발을 비비다 옆 사람의 따뜻한 발과 닿으면 "자?" 저도 모르게 묻게 되고, 그러면 "응" 대답이 돌아오는군요

그러면 할 말이 없어집니다
무슨 할 말이 있었던 것도 아니지만……

아직 어두운 밤입니다

야광별이 박혀 있는 천장을 올려다보며 언제쯤 멈출 수 있을까 생각합니다 끝이 어딘지 알아야 할 텐데

알 도리는 없습니다
그래도 직전에

직전에 멈추지 않으면 안 돼요
멈추지 않으면

다 끝나버리니까

지난여름에는 해변에 흩어져 있는 발자국들을 보며 지난 밤의 즐거웠던 춤과 사랑의 기억 따위를 떠올렸습니다만 지금은 좁은 침대에 누워 어깨를 움츠린 채

잠들어 있는 옆 사람을 살짝 밀어볼 뿐입니다

밀리지는 않는군요 이대로 잠들 수는 없겠군요

그러거나
말거나

새소리가 들려옵니다
아침이군요
창밖에서는 또 희미한 빛이 들어오고 있습니다

이정록

나뭇가지를 얻어 쓰려거든

먼저 미안하단 말 건네고
햇살 좋은 남쪽 가지를 얻어오너라
원추리꽃이 피기 전에 몸 추스를 수 있도록
마침 이별주를 마친 밑가지라면 좋으련만
진물 위에 흙 한줌 문지르고 이끼옷도 입혀주고
도려낸 나무그늘, 네 그림자로 둥글게 기워보아라
남은 나무 밑동이 몽둥이가 되지 않도록
끌고 온 나뭇가지가 채찍이 되지 않도록

김언희

4월의 키리에

1

양가죽을 벗기듯이
벗기소서 우리의 거죽을

우리가 흘린 피 웅덩이 속에 우리를 오래 세워두소서
핏물이 눈알까지 차오르도록

갈고리에 우리 뒷덜미를 걸어두소서
흔들흔들 서서 잠들게 하소서

발끝으로
서서
자게 하소서

2

우리가 흘린 피로 우리의 내장을 채우소서
우리에게 먹이소서

우리에게 우리를
먹이소서

우리가 낙태한 아기들이 우리에게 붉은
태반을 먹이듯이

우리가 도살한 짐승들이 우리에게
피순대를 먹이듯이

먹이소서 우리에게 우리를
한점 한점

끝까지
먹이소서

김정환

취발이

받아들인다는 것은
그대 슬픔도 한숨도 다 받아들이는 것이다
이제 내 곁에 돌아와
아직도 차마 두 눈 감지 못하는 그대여
그대가 떨며 은밀히 키워온 그대 몸속의 치명적인 씨앗에
바치는
그대 슬픈 짓밟힘 앞에
그대 짓밟힌 육체의 화려함 앞에 바치는
나의 이 한줄기 분노를
어찌 맨주먹으로 훔쳐 내리고 서 있을 수밖에 없으랴
못 견뎌 저승에서 끝내 살아온 듯만 싶게
부석한 얼굴 밤새 뜬눈으로 돌아와
아직 내 곁에서 무너져 내리지 못하는 그대여
그대여 또한 그대가 내 품에서 두 눈 부릅뜬 상처로
나의 무딘 가슴 방망이질할 때
받아들인다는 것은
그대의 절망도 비참도 남은 몸짓도
다 받아들인다는 것이다

혼자서
나는 그대 눈물의 끝장을 기다린다
또한 그대 몸 안의 숨은 부끄러움에 몸 둘 바 모르는
나의 이 한 불꽃 분노를
어찌 눈물로 식혀낼 수밖에 없으랴
어찌 눈물로 재울 수밖에 없으랴
내 곁에 누운 것은 눈물이 아닌
분명한 그대의 몸이다
지울 수 없게 살아남은
뼈아픈 그대와 나
거대한 생명의 폭포수다

이영광

직선 위에서 떨다

고운사 가는 길
산철쭉 만발한 벼랑 끝을
외나무다리 하나 건너간다
수정할 수 없는
직선이다

너무 단호하여 나를 꿰뚫었던 길
이 먼 곳까지
꼿꼿이 물러나와
물 불어 계곡 험한 날
더 먼 곳으로 사람을 건네주고 있다
잡목 숲에 긁힌 한 인생을
엎드려 받아주고 있다

문득, 발밑의 격랑을 보면
두려움 없는 삶도
스스로 떨지 않는 직선도 없었던 것 같다
오늘 아침에도 누군가 이 길을
부들부들 떨면서 지나갔던 거다

제2부

사랑이
힘이 되지 않던
시절

장석남

오막살이 집 한채

　나의 가슴이 요정도로만 떨려서는 아무것도 흔들 수 없지만 저렇게 멀리 있는, 저녁빛 받는 연(蓮)잎이라든가 어둠에 박혀오는 별이라든가 하는 건 떨게 할 수 있으니 내려가는 물소리를 붙잡고서 같이 집이나 한채 짓자고 앉아 있는 밤입니다 떨림 속에 집이 한채 앉으면 시라고 해야 할지 사원이라 해야 할지 꽃이라 해야 할지 아님 당신이라 해야 할지 여전히 앉아 있을 뿐입니다

　나의 가슴이 이렇게 떨리지만 떨게 할 수 있는 것은 멀고 멀군요 이 떨림이 멈추기 전에 그 속에 집을 한채 앉히는 일이 내 평생의 일인 줄 누가 알까요

전욱진

미아리

언제부터 한쪽이 결린다던 누나는
얼마 안 가 해만 지면 몸져누웠다
이웃들도 의사들도 점집에나 보내보라 했지만
싫다고 싫다고 악을 썼는데
이번에는 내가 앓아눕자
누나는 조용히 내림굿을 받았다
누나가 늘 바라던 방이 그때 생겼다

차림이고 낮이고 전부 다 어두운
인간처의 낮에는 방울 소리 지나서
마음이 열리거나 닫히는 소리
닳도록 손 비비는 소리는 저녁상 치우면 들렸다
문득 잠에서 깨 오줌 누러 가는 한밤
초에 켠 불이 많아 아늑하게 깊숙하게
밝은 그 방으로 모르는 할머니가 들어갔고

일요일엔 모처럼 티셔츠를 입고 나와
누나는 시고 단 귤 먹고 싶다 했다

요 앞 청과에 좀 다녀오라 어머니가 심부름을 시키시면
나는 싫다고 싫다고 버팅기다 내쫓기듯
집을 나와 내리막길 걸으면 푸른청과 보이고
오르막길 걸으면 끝에 영광교회 나와서
낑낑 오르는 신자들 매번 저기 마귀 동생 간다 그랬다

안희연

탁묘

우리가 두고 온 것이 흔한 우산이었으면 좋겠어
너는 마치 다시는 돌아오지 않을 사람처럼 말한다
고작 일주일간의 여름휴가일 뿐이야
일주일은 아주 짧은 시간이라구

너는 계속 침울하다
걷고 있지만 한걸음도 떠나지 못한다

버려졌다는 기분이 들면 어쩌지?
기차에 앉아서
우리가 곧 데리러 간다는 걸 알고 있을까?
낯선 나라의 음식을 앞에 두고

네가 펼친 지도에는 앞이 없다
네 눈동자에는 고름처럼 시간이 고여 있다

뒷모습은 짐작하지 못한 방향에서 탄생하는 것
어떤 길은 낮잠 같았고 어떤 길은 발톱을 세웠다

앞으로는 기억을 부위별로 저장하는 습관을 들여야겠어
우리는 구석에 놓인 두개의 검은 비닐봉지처럼

차들이 쌩, 하고 지나가고
회전문이 빠르게 돌아가고
접시 위로 접시가 쌓이고
신호등이 녹색으로 바뀌고
길을 건너는 사람들을 보았다
이쪽으로 되돌아오는 사람은 없었다

사과는 기억하고 있을까?
제 몸을 통과해간 태양과 바람의 행방
씨앗을 쓰다듬던 밤의 손길

왜 괜한 사과 얘기는 하고 그래?

고양이 하나를 맡겼을 뿐인데
우리의 여행은

되돌아가기 위한 여행이 되었다

우리는 떠나온 적도 없고 서로를 버린 적도 없다고 말해야 했다

김태정

눈물의 배후

십년 묵이 낡은 책장을 열다가 그만
목구멍이 싸아하니 아파왔네
아침이슬 1, 어머니, 어느 청년 노동자의 삶과 죽음
때문이 아니라
먼지 때문에, 다만 먼지 때문에

수염이 텁수룩한 도이치 사내를 펼쳐 보다가
그만 재채기를 했네
자본론, 실천론, 클라라 체트킨, 꽃도 십자가도 없는 묘지
때문이 아니라
먼지 때문에, 다만 먼지 때문에

사람으로 산다는 것이 힘들다던
네루다 시집 속엔
오래 삭힌 멍처럼 빛바랜 쑥이파리 한점
매캐한 이 콧물과 재채기는
먼지 때문에
사람으로 산다는 것이 힘들다는 그 말

때문이 아니라
다만 먼지 때문에

바람이 꽃가루를 날려보내듯
먼지가 울컥, 눈물을 불러일으켰나

청소할 때면 으레 나오던 재채기도
재채기 뒤에 오는 피로도
피로 뒤에 오는 무기력함도
무기력함으로 인한 단절과 해체도
그 쓸쓸함도, 그 황폐함도 다만
먼지 때문이라고 해두자
먼지보다 소심한 눈물 때문이라고 해두자

그 사소한 콧물과 눈물과 재채기 뒤에
저토록 수상한 배후가 있었다니

꽃도 십자가도 없는

해묵은 먼지의 무덤을 열어보다가
그만 눈물이 나왔네
최루가스 마신 듯 매캐한 눈물이
먼지 때문에, 다만 먼지 때문에

이병률

당신이라는 제국

이 계절 몇 사람이 온몸으로 헤어졌다고 하여 무덤을 차려야 하는 게 아니듯 한 사람이 한 사람을 찔렀다고 천막을 걷어치우고 끝내자는 것은 아닌데

봄날은 간다

만약 당신이 한 사람인 나를 잊는다 하여 불이 꺼질까 아슬아슬해할 것도, 피의 사발을 비우고 다 말라갈 일만도 아니다 별이 몇 떨어지고 떨어진 별은 순식간에 삭고 그러는 것과 무관하지 못하고 봄날은 간다

상현은 하현에게 담을 넘자고 약속된 방향으로 가자 한다 말을 빼앗고 듣기를 빼앗고 소리를 빼앗으며 온몸을 숙여 하필이면 기억으로 기억으로 봄날은 간다

당신이, 달빛의 여운이 걷히는 사이 흥이 나고 흥이 나 노래를 부르게 되고, 그러다 춤을 추고, 또 결국엔 울게 된다는 술을 마시게 되더라도, 간곡하게

봄날은 간다

이웃집 물 트는 소리가 누가 가는 소리만 같다 종일 그 슬
픔으로 흙은 곱고 중력은 햇빛을 받겠지만 남쪽으로 서른세
걸음 봄날은 간다

유병록

염소 계단

주저앉는다
말뚝에 매인 염소처럼 도망치지 않는 돌계단은
주저앉기에 좋지

무엇을 잃어버릴 때마다
염소의 등짝 같은 돌계단에 앉아 생각한다

내려가는 중인지 올라가는 중인지

귀를 세워 듣는다
저 높은 곳에서 굴러 내려오는 불안한 숨소리
저 낮은 곳에서 걸어 올라오는 고단한 발소리

그사이
돌계단은 천천히 식어가고

곧
어떤 결심이 근육을 팽팽하게 한다

돌계단이 구부리고 있던 무릎을 펴고 일어서면
나는 그 엉덩이를 때리며 말한다

가자고
까마득한 계단 저 높은 곳으로 아니면 저 낮은 곳으로
나를 태우고 가라고

결심을 경멸하면서
돌계단의 목덜미를 붙잡은 두 손은 놓지도 못하면서

박소란

벽제화원

죽어가는 꽃 곁에
살아요

긴긴낮
그늘 속에 못 박혀

어떤 혼자를 연습하듯이

아무도 예쁘다 말하지 못해요
최선을 다해
병들 테니까 꽃은

사람을 묻은 사람처럼
사람을 묻고도 미처 울지 못한 사람처럼

쉼 없이 공중을 휘도는 나비 한마리
그 주린 입에
상한 씨앗 같은 모이나 던져주어요

죽은 자를 위하여

나는 살아요 나를 죽이고
또 시간을 죽여요

김기택

껌

누군가 씹다 버린 껌.
이빨자국이 선명하게 남아 있는 껌.
이미 찍힌 이빨자국 위에
다시 찍히고 찍히고 무수히 찍힌 이빨자국들을
하나도 버리거나 지우지 않고
작은 몸속에 겹겹이 구겨 넣어
작고 동그란 덩어리로 뭉쳐놓은 껌.
그 많은 이빨자국 속에서
지금은 고요히 화석의 시간을 보내고 있는 껌.
고기를 찢고 열매를 부수던 힘이
아무리 짓이기고 짓이겨도
다 짓이겨지지 않고
조금도 찢어지거나 부서지지도 않은 껌.
살처럼 부드러운 촉감으로
고기처럼 쫄깃한 질감으로
이빨 밑에서 발버둥치는 팔다리 같은 물렁물렁한 탄력
으로
이빨들이 잊고 있던 먼 살육의 기억을 깨워

그 피와 살과 비린내와 함께 놀던 껌.
지구의 일생 동안 이빨에 각인된 살의와 적의를
제 한 몸에 고스란히 받고 있던 껌.
마음껏 뭉개고 갈고 짓누르다
이빨이 먼저 지쳐
마지못해 놓아준 껌.

안현미

아버지는 이발사였고,
어머니는 재봉사이자 미용사였다

피아졸라를 들으며 웹사이트에서 점쳐준 나의 전생을 패러디한다

과거의 당신은 아마도 남자였으며 / 현재의 당신은 불행히도 여자이며 / 인간의 모습으로 당신이 태어난 곳과 시기는 현재의 보르네오 섬이고 / 여자의 모습으로 당신이 태어난 곳과 시기는 강원도 태백이고 / 대략 1350년 정도입니다 / 대략 1972년 여름의 일입니다 / 당신의 직업 혹은 주로 했던 것은 랍비, 성직자, 전도사입니다 / 당신의 직업 혹은 주로 하는 짓은 비정규직, 계약직, 시간제입니다

(어쩌자는 것인가)

피아졸라의 아버지는 이발사였고, 어머니는 재봉사이자 미용사였다고 한다
내 아버지는 광부였고, 어머니는 장성 제1광업소 급식사이자 세탁부였다

(몰라, 얼음 죽을 때까지 얼음)

강 옆에서 물이 다 지나가기를 기다리는 사람*처럼
피아졸라를 들으며 나는 내가 다 지나가기를 기다릴 뿐

* 김도연 산문집『눈 이야기』에서.

이장욱

돌이킬 수 없는

내가 뒤돌아보자 당신이 나의 이름을 불렀네.
나는 미소를 짓고 나서
열심히 우스운 이야기를 떠올렸지.
놀라운 속도로 충돌한 두대의 자동차가
서로 다른 곳에서 시동을 걸었어.
부릉부릉, 당신을 좋아한 뒤에
나는 당신을 처음 보았어요.
옥상에서 까마득히 저 아래를 내려다보던 여자는
핫 둘, 핫 둘,
뒤로 걸어서 계단을 내려갔지만.
환멸을 느끼기 전에 먼저
무심해진다는 것.
겨울이 가고 가을이 오면
당신이 거기 없겠구나.
어디선가 말 없는 소녀가 자라고 있겠구나.
모든 것을 이해할 것 같은 아침이 지나간 뒤에
아무것도 알 수 없는 밤이 오네.
혼자 앉아 있는 노인의

생후 첫 웃음같이.
내일 오후에 당신은 나와 함께 드라이브를 하다가
아침의 현관문을 열었다.
문을 연 뒤에는
캄캄한 새벽에 깨어났어.
두 눈을 커다랗게 뜨고 천장을 바라보는 당신,
드디어 당신은 당신을 한꺼번에 깨닫고
돌이킬 수 없는 것은 아직
시작되지 않았다.

주하림

작별

나는 그것들과 작별해도 되는 걸까
하지만 나는 그것을 향해 가요
— 배수아 「북쪽 거실」

혐오라는 말을 붙여줄까
늘 죽을 궁리만 하던 여름날
머리를 감겨주고 등 때도 밀어주며
장화를 신고 함께 걷던 애인조차 떠났을 때
나는 사라지기 위해 살았다

발 아픈 나의 애견이 피 묻은 붕대를 물어뜯으며 운다
그리고 몸의 상처를 확인하고 있는 내게 저벅저벅 다가와
간신히 쓰러지고는,
그런 이야기를 사람의 입을 빌려 말할 것만 같다
'세상의 어떤 발소리도 너는 닮지 못할 것이다'

네가 너는 아직도 어렵다는 얘기를 꺼냈을 때
　나는 우리가 한번이라도 어렵지 않은 적이 있냐고 되물
었다
　사랑이 힘이 되지 않던 시절

길고 어두운 복도
우리를 찢고 나온 슬픈 광대들이
난간에서 떨어지고, 떨어져 살점으로 흩어지는 동안
그러나 너는 이상하게
내가 손을 넣고 살며시 기댄 사람이었다

조연호

저녁 수집벽

죽은 새가 움직이고 있다 비천하게도 식구들은 창을 만진 후 새가 울음 끝까지 당겨졌다고 말한다 세계관을 하나씩 이어붙이는 방식으로 나의 세계는 더는 나뉠 수 없는 박약이 되었다

태어남만큼은 외롭게 지키리라 불순하게도 땅과 그 위가 혀처럼 말려 있었다 상순이 잘린 나무 아래 옷 구김을 펴는 당신의 왼손이 눈썹처럼 뽑히고 있었다

농담 반 진담 반 저녁에서 내가 없어지고 있었다 참혹하게도 식구들은 물에 번지는 걸 좋아하고 칫솔질할 때만 어두운 비약을 한다 평판측량기사들이 여러개의 자를 나의 울음에 감격적으로 들이대고 있었다 내 손바닥은 다른 눈금으로 떠나는 일로 이미 지쳐 있는데도

한번도 초대해주지 않은 누나의 꿈속에서 시어머니들이 벗고 있었다 찢기는 시어머니는 짧아지는 시어머니와 긴 털을 교환하고, 이번엔 나를 나의 뒷면에 이어붙이기 위해 주

름이 물 위를 기어다녔다 강은 강과의 가장 묽은 화해니까

　가끔 잠자리가 날아와 물 고인 옥상에 딱하게 알을 낳았
다 바닥은 허공에게도 발목을 나눠주려 한다 기차는 동쪽의
병든 애였고 나는 하루에 두번의 기차를 사랑한다 하루에
두번 연기를 뿜고 소리를 지르는 단 한명의 친구였던 그가
오지 않을 때는 증오로 가득 찬 작은 귀가 이 세계를 지키고
있었다

　아이의 품 안에서 풀들이 말라죽었습니다 그들이 땅속에
서 악행을 했기 때문입니다 망치뼈와 모루뼈가 나를 두드리
고 펴고 구부릴 때 나의 표정은 죽은 새의 방위로 얽혀 있었
다 그녀들은 서로를 잃는 것 같은 생을 아무데서나 낳고 있
었다 저녁은 금박무늬를 입고 우리를 먹으러 이곳에 왔다
비천하게도 불순하게도 참혹하게도

김경후

입술

입술은 온몸의 피가 몰린 절벽일 뿐
백만겹 주름진 절벽일 뿐
그러나 나의 입술은 지느러미
네게 가는 말들로 백만겹 주름진 지느러미
네게 닿고 싶다고
네게만 닿고 싶다고 이야기하지

내가 나의 입술만을 사랑하는 동안
노을 끝자락
강바닥에 끌리는 소리
네가 아니라
네게 가는 나의 말들만 사랑하는 동안

네게 닿지 못한 말들 어둠 속으로 사라지는 소리
검은 수의 갈아입는
노을의 검은 숨소리

피가 말이 될 수 없을 때

입술은 온몸의 피가 몰린 절벽일 뿐
백만겹 주름진 절벽일 뿐

전동균

단 한번, 영원히

이제는 말해다오, 하늘로 몸을 감는 덩굴잎들아
파로호의 찌불들아
울어도 울어도 캄캄한 이 밤을
이 밤의 장막 너머
잘린 말 대가리들이 쏟아지는 허공의 또다른 밤을

한때 여기에도 사람이 살았어, 단검처럼
옆구리를 찌르는 물결들, 숨 내뱉는 순간
얼어붙는 바람을 삼키는
바람의 입들, 끝내

울지 않는 새들아, 말해다오, 이 밤의 장막 너머
잘린 말 대가리들을 싣고
트럭이 질주하는
사막, 안개바다, 처녀의 피,
그곳의 오직 하나인 밤을

물고기들이 강의 고통을 기억하듯, 우리가

우리의 죄를 껴안아야 하는

재의 수요일이 오기 전에, 내 얼굴을 찢고

기린의 혓바닥이 튀어나오기 전에

터미널 간다

잠수교 건너다
강물이 일으킨 파문을 본다
무작정 떠 있는
청둥오리떼
파문 일으키며
압구정 정자 쪽으로 몰려간다
가관이라니!
생각에 잠긴 사이
잠원동 뽕나무숲 초입까지 왔다
포장마차 있던 자리, 남폿불 꺼지고
대림(大林)아파트 밀림 속을
전동차가 지나간다
원주민들 맘같이
캄캄해지는 저녁
지하 속까지 불빛이 환해
불나비떼 몰려와
길가에 즐비하네
불빛만 보고도 길을 멈추면

집어등 환한

반포 포구, 근처까지 갔다가

노 젓고 저어 터미널 간다

동해(東海) 버스표 한장

빨리 줘요.

소를 끌고

눈 덮인 낮은 집이 저 너머에 있다
사방 길은 지워지고 따듯한 섬 같은 집
감나무 한그루가 돛대처럼 지키고 있는 집
저녁연기가 목화솜처럼 깔리던 집

아궁이 곁불에 닭들이 졸고
아랫목에서 메주가 뜨고
설은 다가오고 까치는 마당에 내려와 놀고
들판을 달려온 바람이 몸을 녹이다 가고

장독간 가는 길에 눈을 쓸고 김치를 내오고
볼이 튼 아이는 눈밭에서 뛰놀고
입김 불어 손을 녹이며 아낙은
소 없는 외양간 아궁이에 소죽을 쑤고

산 너머에서 누군가 부르는 소리 밤새 들리고
길을 재촉하는 부엉이 먼 산에서 울고

나는 아직도 희미한 그 집에 가고 있다
흙과 짐승과 나무가 주인인 집에
이랴이랴 소 한마리 끌고 돌아가는 중이다

갈수록 멀어지는 그 사람들 그 집에
내가 살던 집도 아닌 그 집에
이상한 일이다
수십년 동안 나는 돌아가는 중이다

최정례

코를 골다

코를 골았다고 한다. 내가 코를 골아 시끄러워 잠을 못 잤다고 한다. 그럴 리 없다. 허술해진 푸대자루가 되어 시끄럽게 구는 그자가 바로 나라니, 용서할 수가 없다. 도대체 몸을 여기 놓고 어느 느티나무 그늘을 거닐었단 말인가. 십년을 키우던 고양이 코기토도 코를 골았었다. 그 녀석 죽던 날, 걷지도 못하면서 간신히 간신히 자기 몸을 제집 문 앞까지 끌고 가 이마 반쪽만을 문턱에 들여놓은 채 죽어 있었다. 아직도 녀석은 멀고 먼 자기 집을 향해 가고 있을 것이다. 끌고 가기 너무 고단해 몸을 버리고 가는 자들, 한심하다. 어떤 때는 한밤중에 내 숨소리에 놀라 깨는 적이 있다. 내 정신이 다른 육체와 손잡고 가다가 문득 손 놓아버리는 거기. 너무나 낯설어 여기가 어디냐고 묻고 싶은데 물어볼 사람이 없다.

심재휘

신발 모양 어둠

끈이 서로 묶인 운동화 한켤레가 전깃줄에
높이 걸려 있다 오래 바람에 흔들린 듯하다
어느 저녁에 울면서 맨발로 집으로 돌아간
키 작은 아이가 있었으리라
허공의 신발이야 어린 날의 추억이라고 치자
구두를 신어도 맨발 같던 저녁은
울음을 참으며 집으로 돌아가던 구부정한 저녁은
당신에게 왜 추억이 되지 않나
오늘은 짙은 노을이 당신의 발을 감싸는 하루
그리고 하루쯤 더 살아보라고 걸음 앞에
신발 모양의 두툼한 어둠이 내린다

양애경

이모에게 가는 길

미금농협 앞에서 버스를 내려
작은 육교를 건너면
직업병으로 시달리다가 공원도 공장주도 던져버린 흉물
공장
창마다 검게 구멍이 뚫린 원진레이온 건물이 나올 것이다
그 앞에서 마을버스를 타고
젊은 버스 기사와 야한 차림의 십대 아가씨의
푹 익은 대화를 들으며
종점까지 시골길 골목을 가야 한다
거기서 내려 세 집을 건너가면
옛날엔 대갓집이었다는 낡은 한옥이 나오고
문간에서 팔순이 된 이모가 반겨줄 것이다
전에는 청량리역까지 마중을 나왔고
몇달 전에는 종점까지 마중을 나왔지만
이제 이모는 다리가 아파 문간까지밖에 못 나오실 것이다
아이고 내 새끼 하고 이모는 말하고 싶겠지만
이제 푹 삭은 나이가 된 조카가 싫어할까봐
아이고 교수님 바쁜데 웬일일까라고 하실 것이다

사실 언제나 바쁠 것 하나 없는데다가 방학인데도

이모는 바쁘다는 자손들에게 미리 기가 죽어 있기 때문에

그렇게 말하실 것이다

이모는 오후 세시이지만 텅 빈 집에서 혼자 밥을 먹기 싫

었기 때문에

아직 식사를 하지 않았다고 하면서 무언가 먹이려 하실

것이다

하지만 눈 어둡고 귀 어둡고 가게도 먼 지금동 마을에서

이모가 차린 밥상은 구미에 맞지 않을 것이다

씻은 그릇에 밥알도 간혹 묻어 있을 것이다

그래서 나는 사가지고 온 과자나 과일이나 약 따위를 늘

어놓으며

먹은 지 얼마 안 되어 먹고 싶지 않다고 할 것이다

이모는 아직 하얗고 아담한 다리를 펴 보이며

다리가 이렇게 감각이 없어져서 걱정이라고 하실 것이다

그래서 텃밭에 갔다가 넘어져서 몇달 고생도 했다고 하실

것이다

트럼펫처럼 잘 울리는 웃음소리를 가진

아이 둘을 한꺼번에 끌어안고 젖을 먹일 만큼 좋은 젖가
슴을 가졌던 이모

아이들 원하는 것은 무엇이든 하게 하던 이모

이모의 젖을 먹지 않고 큰 아이는 이 집안에 없었다

이제 이모는 귀가 잘 안 들리기 때문에

젊은 아이들에게 지청구를 먹을까봐 이야기를 걸어도 머
뭇거리신다

그냥 아이구 그래 대견도 하지라고 하실 뿐이다

지어 온 한약을 내놓고 한시간이 지나면

나는 여섯시 이십분 기차니까 지금 가야 해요라고 할 것
이다

그러면 이모는 아이구 그래 차 시간 넉넉히 가야지라고
하실 것이다

텃밭에 심었던 정구지 한 묶음하고

내가 사 간 복숭아를 몇알 도로 싸주실 것이다

그러고도 뭘 또 줄 게 없을까 해서

명절날 들어온 미원이니 참치 통조림이니 비누 따위를 주섬주섬 찾으실 것이다

꼬꼬엄마 그럼 잘 있어요라고 하면서

나는 나도 모르게 이모의 뺨에 내 뺨을 부빌 것이다

그러면 이모는 감동해서 역시 내 새끼였지라고 좋아하실 것이다

마당에 이만큼 나선 나에게

마을버스 시간에 맞추어야지 서둘러라라고 하면서도

어디 한번 더 안아보자 하실 것이다

나는 어렸을 때처럼 두 팔로 푸짐한 이모의 가슴을 껴안고

이모의 뺨에 내 뺨을 꼬옥 대볼 것이다

이모는 속으로 이 새끼를 이제 못 볼지도 모른다라고 생각했을지도 모른다

나는 속없이 마을버스를 놓칠까봐 뛰어나오고

세 집을 건너 뛰어가면

마을버스가 모퉁이를 돌아설 것이다

버스를 타고 가며 나는 자꾸만 눈언저리를 닦을 것이다

노인네 혼자 빈 집에 남겨져

　젊은 애들한테 방해나 되게 너무 오래 사는 것 아닌가 하면서

　잘 펴지지 않는 다리를 조심스레 움직여보면서

　혼자 오래 걸려 방으로 돌아가실 것을 생각하면서

　우는 나를 마을버스 기사가 의아하게 거울 속으로 바라볼 것이다

　사실 여기까지 오면서 번잡한 길에서 느꼈던 짜증이 부끄럽고

　사람이 늙는다는 게 슬프고 무서워서

　다시는 살아 있는 이모를 만나지 못할까 무서워서

　나는 더 운다 원진레이온 앞에 올 때까지 십분이 못 되는 시간을

　그리고 눈물에 깨끗이 씻겨서

　이모가 길러주었던

　일곱살짜리 갈래머리 계집애가 되어

　청량리역 가는 버스를 탈 것이다

세상에 꿈도 많고 고집도 세었던
제일 귀염 받던 곱슬머리 계집애가 되어서.

제3부

발바닥이
다 닳아
새살이 돋도록

신경림

목계장터

하늘은 날더러 구름이 되라 하고
땅은 날더러 바람이 되라 하네
청룡 흑룡 흩어져 비 개인 나루
잡초나 일깨우는 잔바람이 되라네
뱃길이라 서울 사흘 목계나루에
아흐레 나흘 찾아 박가분 파는
가을볕도 서러운 방물장수 되라네
산은 날더러 들꽃이 되라 하고
강은 날더러 잔돌이 되라 하네
산서리 맵차거든 풀 속에 얼굴 묻고
물여울 모질거든 바위 뒤에 붙으려
민물새우 끓어넘는 토방 툇마루
석삼년에 한 이레쯤 천치로 변해
짐 부리고 앉아 쉬는 떠돌이가 되라네
하늘은 날더러 바람이 되라 하고
산은 날더러 잔돌이 되라 하네

조태일

국토서시(國土序詩)

발바닥이 다 닳아 새살이 돋도록 우리는
우리의 땅을 밟을 수밖에 없는 일이다.

숨결이 다 타올라 새 숨결이 열리도록 우리는
우리의 하늘 밑을 서성일 수밖에 없는 일이다.

야윈 팔다리일망정 한껏 휘저어
슬픔도 기쁨도 한껏 가슴으로 맞대며 우리는
우리의 가락 속을 거닐 수밖에 없는 일이다.

버려진 땅에 돋아난 풀잎 하나에서부터
조용히 발버둥치는 돌멩이 하나에까지
이름도 없이 빈 벌판 빈 하늘에 뿌려진
저 혼에까지 저 숨결에까지 닿도록

우리는 우리의 삶을 불 지필 일이다.
우리는 우리의 숨결을 보탤 일이다.

일렁이는 피와 다 닳아진 살결과
허연 뼈까지를 통째로 보탤 일이다.

민영

수유리에서

돌에 새긴
이름

돌에 간힌
아우성

아, 돌에 박힌
피!

나희덕

귀뚜라미

높은 가지를 흔드는 매미소리에 묻혀
내 울음 아직은 노래 아니다.

차가운 바닥 위에 토하는 울음,
풀잎 없고 이슬 한 방울 내리지 않는
지하도 콘크리트벽 좁은 틈에서
숨 막힐 듯, 그러나 나 여기 살아 있다
귀뚜르르 뚜르르 보내는 타전소리가
누구의 마음 하나 울릴 수 있을까.

지금은 매미떼가 하늘을 찌르는 시절
그 소리 걷히고 맑은 가을이
어린 풀숲 위에 내려와 뒤척이기도 하고
계단을 타고 이 땅밑까지 내려오는 날
발길에 눌려 우는 내 울음도
누군가의 가슴에 실려가는 노래일 수 있을까.

이근화

산갈치

바닥에 누운 산갈치 한마리
흙빛과 은빛이 드문드문
눈을 크게 뜨고 보아도
너는 산갈치구나

십 미터는 족히 되어 보였다
발걸음이 너무 멀었다
아가미에 손을 넣어
끌어당기려 했으나

미끄러지고 미끄러지고
나는 흙과 비늘을 반반씩 뒤집어쓰고
더러운 손을 씻을 데가 없었다
산갈치는 조용하고
나는 시끄러운데

어떤 질문을 던지고 있는 것일까
십문십답 넘어

답 없는 칸에 산갈치가 누웠네
바다는 멀고
마음은 한없이 푸른데

뜨거운 물 한 바가지가 절실해서
두려웠다
나는 더러운 손을 펼쳐 들고
더이상 가지 못했다

산갈치는 아직 끝나지 않았다

김명수

안동포*

그 봄에도 삼밭은 어우러지고
어매는 하루 종일 삼을 삼았다
남정네 하나 없는 빈 고향집
밤을 새우며 어매는 삼베를 짰다
그 봄에도 낙동강은 다시 푸르르고
아배는 전선에서 소식 없었다
아배야 아배야 우리 아배야
얼굴도 보지 못한 우리 아배야
어매가 하루 종일 삼끈을 비벼
달그닥달그닥 삼베 짜던 날
안질이 드신 할매 강둑을 넘어
아지랑이 서린 먼 길 바라보셨다
그 봄에도 산꿩은 서럽게 울고
철모르던 우리 종반 끼들거리며
강둑에서 무질레만 꺾어 먹었다
그 봄에도 삼밭은 어우러지고
전선에서 설운 소식 들리어왔다
우리 어매 우리 할매 통곡하던 날

어매 짜던 안동포 허리 무질러

아배의 혼백을 산에 묻었다

* 안동포(安東布)는 경북 안동 지방의 특산품인 삼베의 일종임.

곽재구

사평역에서

막차는 좀처럼 오지 않았다
대합실 밖에는 밤새 송이눈이 쌓이고
흰 보라 수수꽃 눈시린 유리창마다
톱밥난로가 지펴지고 있었다
그믐처럼 몇은 졸고
몇은 감기에 쿨럭이고
그리웠던 순간들을 생각하며 나는
한줌의 톱밥을 불빛 속에 던져주었다
내면 깊숙이 할 말들은 가득해도
청색의 손바닥을 불빛 속에 적셔두고
모두들 아무 말도 하지 않았다
산다는 것이 때론 술에 취한 듯
한두름의 굴비 한 광주리의 사과를
만지작거리며 귀향하는 기분으로
침묵해야 한다는 것을
모두들 알고 있었다
오래 앓은 기침소리와
쓴 약 같은 입술담배 연기 속에서

싸륵싸륵 눈꽃은 쌓이고
그래 지금은 모두들
눈꽃의 화음에 귀를 적신다
자정 넘으면
낯설음도 뼈아픔도 다 설원인데
단풍잎 같은 몇 잎의 차창을 달고
밤열차는 또 어디로 흘러가는지
그리웠던 순간들을 호명하며 나는
한줌의 눈물을 불빛 속에 던져주었다.

고형렬

사북(舍北)에 나갔다 오다

해가 뜰 때 사북에 간다
사북은 고원이다
화절령엔 아침 새들이 숲속에서 나뭇가지를 잡고 운다
작은 새들이 사람의 얼굴을 닮았다
그들은 서로의 눈을 보고 운다 새들이 잡고 있는
나뭇가지들은 이 세상에 태어나는 순간이다
작은 눈을 처음 뜨고 있는 눈 속은
춥다, 산바람은 가지 사이 산바람이 아려라
나뭇가지들이 줄처럼 흔들린다
출렁출렁 곧 쏟아질 것 같은 시퍼런 백척간두의 눈구름들
바위와 살갗과 사택(舍宅)을 스친다 죽음 같은 삶은
삶 같은 죽음은 함께
화절령은 춥다 뿌리가 얼어도 그대가 있어서 따뜻했던
허공을 지나가는 바람의 얼음 소리
벽에 기대 그대 이름에 기대 산의 한없는 울음을 듣는다
그 울음이 되고 싶어 다시 어린 날과 젊은 날의
꿈처럼
솔잎, 솔잎 휘파람을 불어본다 갈라터진 두 입술을 붙이고

106

아버지의 등에 업힌 죽은 아이처럼 어둠을 뛰어가는 한낮
꿈속에서 태어나는 아이들, 꿈을 깨는 어른들의
두 나라
그 허공 속에 나 있는 핏줄기의 길을 찾는
이슬이 햇살에 불타는 생각의 외출은
서쪽 집으로 길을 열어준다
아침은 아득하고 어둑한 정신과 함께
피부는 팽팽하고 건조해라, 바다에서 떠오른 햇살 속에
멀리 베이징을 건너오는 황해의
모래바람 소리 붕붕, 추억은 하늘에서 세월을 듣는다
그대의 나라로 가는 흰 낮달 아래 바람
한권의 책같이 조용한 나라
그 바람을 잠시 대여하고 구름바람 돌아가는
양양과 간성 사이 속초, 모래기 흰고개 쪽으로 흘러간다
시간은 중력이 없어,
집으로 돌아가지 못하고 흰 구름은 둥근 수평선을
오르고 넘어간 뒤 돌아오지 않는다
살아남은 은빛 연어의 기억들만 슬픔처럼 돌아온다

서해로 떨어지는 해가 고원을 비춘다 사북에 남은 햇살
동해는 그들이 태어난 곳
준령의 상고대 능선을 빠져나와 수평선을 비춘다, 새의
가슴이
열린다, 아프게 다시 수정(水停)을 기억한 해는
서해에 저문다 나는 그는 어느 항구에서 살고 있을까
그는 어느 주점에서 죽은 나일까
산 너머 해가 뜰 때마다 사북에 간다
화절령엔 오늘 아침에도
새가 된 노인들이 울고 있다
새들의 눈 속에 아침이 사라진다

김사인

코스모스

누구도 핍박해본 적 없는 자의
빈 호주머니여

언제나 우리는 고향에 돌아가
그간의 일들을
울며 아버님께 여쭐 것인가

김중일

매일 무너지려는 세상

세상은 매일 매 순간 무너지려 한다.
한순간도 천지사방은 시간을 견디지 못한다.
한순간에 무너지고 우주가 쏟아질 수 있다.

세상 모든 새들은
잿빛 댐처럼 우주를 가둔 하늘을 틀어막고 있다.
하늘이 터져 지상이 우주로 뒤덮이지 않도록,
새들은 일생 쉼 없이 우주가 흘러나오려 하는
제 몸피만큼 작은 바람구멍들을 계절마다
매일매일 시시각각 날아다니며 틀어막고 있다.

새들이 모두 잠든 밤이면
우주가 새어나와 지구가 침수되고
집들과 배들과 별들의 깨진 창문 같은 잔해가
둥둥 떠내려왔다가 떠내려간다, 떠내려가다가
흘러내려가다가 고인 곳, 봉분처럼 쌓인, 고인의 곳.

세상 모든 사람들은

잿빛 댐처럼 지구를 가둔 땅을 틀어막고 있다.
땅이 터져 우주가 지구로 뒤덮이지 않도록,
사람들은 일생 쉼 없이 지구가 흘러나오려 하는
제 발자국만큼 작은 땅구멍들을
매일매일 시시각각 발바닥 닳도록 서로 오가며 틀어막고
있다.

엄마들은 자식이 죽었다는 소식을 전해 듣고
그 순간 한순간에 세상이 무너질까봐
그 자리에 곧바로 무너지듯 털썩 주저앉는다.
지구가 땅속 깊은 곳에서부터 폭발해 터져 나오려는
그 순간 그 자리를 틀어막듯 주저앉는다.

단 한 걸음도 더 내딛지 못할 순간이 왔다.
단 한 방울도 남김없이 온 힘이 빠져나간 순간이 왔다.
이제 어떡하나, 엄마들 가슴 한가운데 난 구멍을.
당장 막지 않으면 금세 금 가고 갈라져 댐이 툭 터지듯
한순간 무너져내릴 텐데, 세상이 엄마로 다 잠길 텐데.

세상 모든 사람들 물살에 무릎이 부러지고
막지 못한 얼굴의 모든 구멍에서 온몸이 줄줄 다 흘러나
올 텐데.

이렇게 오랫동안 기적을 기다리며
매 순간 무너지려는 길의 틈새를
매 순간 무너지려는 공중의 틈새를
천지사방을 이 시간을 온몸으로 막으려
죽어서도 그들은 여기에 서 있다.

엄원태

말이 필요한 게 아니다

염낭게나 집게, 아무르불가사리나 바지락은 갯벌의 모래를 씹어서 유기물을 빨아먹고 깨끗해진 모래만 다시 뱉어낸다. 그들은 갯벌의 청소부들이다. 가령 누군가의 말을 씹어서, 오물거리면서, 맛을 보고, 자양분을 섭취한 후, 다시 뱉어낼 수는 없을까.

민물도요나 알락꼬리마도요는 갯벌에 미동도 없이 서 있다가, 염낭게나 두토막눈썹참갯지렁이가 구멍 밖으로 나올 때 날쌔게 잡아채 먹는다. 도요새들에겐 말이 필요한 게 아니다. 다만 마음의 어떤 집중이 필요하리라, 마음에도 정신적인 측면이란 게 있다면. 아마도 마음의 육체적 측면, 즉 말이 미처 되지 못한 생각은 거기도 고요와 침묵의 뒤범벅으로 붐빌 테지만.

주꾸미의 모성은 눈물겹다. 오십여일 동안 아무것도 먹지 않고 제 새끼들 곁을 지킨다. 다시 말하지만, 주꾸미는 말이 필요한 게 아니다.

이정훈

오버런

그는 서서 죽었다

한 손엔 고무망치 한 손엔 열풍에 달아오른 100밀리 철관

카메라 앞에서 마지막 포즈를 취한 것 같았다

500톤 시멘트 사일로 아래

12루베 컴프레서만 왕왕거리고 있었다

전철역 셔터도 닫혀 있던 시간

플라스틱 안전모에 목장갑을 끼고

배출 파이프에 커플링을 돌려 끼웠을 것이다

얇은 강철의 벽 안쪽 시멘트의 높이를 가늠하며

캄캄한 사일로 꼭대기를 올려다보았을 것이다 새벽 두시

입석리 아세아시멘트 ID카드를 찍고 슈트를 내리고

쏟아지는 시멘트의 무게에 출렁거리는

열여덟개의 바퀴 옆에서 눈 끔적였을 것이다

말이 제 물 먹던 곳을 기억하듯 주유소를 빠져나와

박달재 다릿재를 넘어온 그의 차는 DA-50

이팔사팔 쌍터보 엔진이

언제나 내리막의 관성을 붙들어주었겠지만

깜박, 40톤의 무게와 속도를 놓쳐버린 거다

바퀴의 힘이 트랜스미션을 거쳐
거꾸로 크랭크축의 회전수를 넘어갔을 때
서른두개의 흡기 배기 밸브
가느다란 로드가 휜 게 틀림없다
나팔 주둥이 같은 밸브가 늘 닿던 자리
시트 링 아닌 곳에 가닿는 순간 모든 게 끝나버렸다
처음 듣는 파열음이 고막이 아닌 곳에서 울려퍼졌다
심장이 다 닳지 않은 몸통 속에서 멎어버리자
팔다리가 잠시 허둥거렸지만
머리는 천천히 수그러들었다
그 각도가 모든 걸 이해하고 있는 것 같았다
말 잔등 위에서 죽기를 바란 것도 아니었는데
헤드라이트만 멀거니 동쪽 하늘을 비추고 있었다
그의 사망진단서에는 이렇게 적어도 된다

심장이 900RPM으로 그의 혼까지 부려버렸다

이성부

전태일군(君)

불에 몸을 맡겨
지금 시커멓게 누워버린 청년은
결코 죽음으로
쫓겨간 것은 아니다.

잿더미 위에
그는 하나로 죽어 있었지만
어두움의 입구에, 깊고 깊은 파멸의
처음 쪽에, 그는 짐승처럼 그슬려 누워 있었지만
그의 입은 뭉개져서 말할 수 없었지만
그는 끝끝내 타버린 눈으로 볼 수도 없었지만
그때 다른 곳에서는
단 한 사람의 자유의 짓밟힘도 세계를 아프게 만드는,
더 참을 수 없는 사람들의 뭉친 울림이
하나가 되어 벌판을 자꾸 흔들고만 있었다.

굳게 굳게 들려오는 큰 발자국 소리,
세계의 생각을 뭉쳐오는 소리,

사람들은 아무도 귀 기울이지 않았지만
아무도 아무도 지켜보지 않았지만

불에 몸을 맡겨
지금 시커멓게 누워 있는 청년은
죽음을 보듬고도
결코 죽음으로
쫓겨 간 것은 아니다.

도종환

화인(火印)*

비 올 바람이 숲을 훑고 지나가자
마른 아카시아 꽃잎이 하얗게 떨어져 내렸다
오후에는 먼저 온 빗줄기가
노랑붓꽃 꽃잎 위에 후두둑 떨어지고
검은등뻐꾸기는 진종일 울었다
사월에서 오월로 건너오는 동안 내내 아팠다
자식 잃은 많은 이들이 바닷가로 몰려가 쓰러지고
그것을 지켜보던 등대도
그들을 부축하던 이들도 슬피 울었다
슬픔에서 벗어나라고 너무 쉽게 말하지 마라
섬 사이를 건너다니던 새들의 울음소리에
찔레꽃도 멍이 들어 하나씩 고개를 떨구고
파도는 손바닥으로 바위를 때리며 슬퍼하였다
잊어야 한다고 너무 쉽게 말하지 마라
이제 사월은 내게 옛날의 사월이 아니다
이제 바다는 내게 지난날의 바다가 아니다
눈물을 털고 일어서자고 쉽게 말하지 마라
하늘도 알고 바다도 아는 슬픔이었다

남쪽 바다에서 있었던 일을 지켜본 바닷바람이
세상의 모든 숲과 나무와 강물에게 알려준 슬픔이었다
화인처럼 찍혀 평생 남아 있을 아픔이었다
죽어서도 가지고 갈 이별이었다

* 쇠를 불에 달구어 살에 찍는 도장.

최지인

마카벨리전(傳)

1

그는 깃발에 적었다
당신이 아이들에게 물려준 혐오가 모두를 망친다*

2

몹시 추운 겨울 한 부랑자가
공중화장실 대변기에 앉아 잠들었다
다음 날 그 사람은 죽은 채 발견되었다

그는 그 사건의 최초 목격자였다
일종의 해프닝으로 치부할 수도 있겠지만
그날 맡은 지독한 냄새는
사라지지 않고 점점 짙어졌다

무엇도 존재하지 않았을 때
그야말로 완벽했을 때
삶도 죽음도 같고 책임 따위 없었을 때

피할 궁리는 하지 않았다

그는 사흘을 굶고
허겁지겁 뼈다귓국을 퍼먹었다
두 손으로 뼈를 쥔 꼴이란!

카메라 앞에 선 소년들이
K-2 소총을 어깨에 메고 인상을 찌푸렸다

3

열람 가능한 문서에 따르면
한국정부는 여덟번의 계엄령을 선포했다

사정이 여의치 않다, 어찌할 방도가 없다, 임금은 동결되
고 몇 사람 솎아내고 질서가 유지되었다

어머니의 배가 조금씩 불러오기 시작했다

그는 이미 감옥이었다

교도관이 수감자들과 어머니를 몽둥이로 두들겨 팼다
그러나 그들은 살아남았다

4
인터뷰어가 녹음기를 끄고 숨을 크게 들이마셨다

혁명이 가능하다고 봅니까? 권력가들은 옳지 않았어요.
우리 가족과 마을 사람 모두 그들에게 발가벗겨졌죠. 우리
에게는 집이 필요했어요.

그는 베란다 난간에 등을 기대고 섰다
사막은 모든 게 아름다울 거라고 생각했다
사이렌 소리가 가까워지고 있었다

그 일을 떠올리면

물속에 잠긴 네가 환하게 웃고

일을 그만두고 여행이라도 다녀오자 나의 실업을 증명하고 차를 몰고 정처 없이 떠돌자 슬픔은 지겹지 않다 횡단보도 건너편에서 동료들이 손을 흔들고 있다

5

가난한 사람이든 가난하지 않은 사람이든 고난을 피할 순 없다 빈민가에서 자란 아이들은 철 지난 옷을 입고 놀이터에서 논다 흙을 잔뜩 묻히고 얼룩이 될 때까지 논다 그러다가 아무도 모르게 인생이 꼬이고 사랑을 하고 결국 시를 끄적이는 것이다

새 삶을 살고 싶다고 흥얼대는 취객처럼
그는 자기가 진짜라는 걸 증명하고 싶었다

광장에서 마이크를 잡았다

서서히 밝아지고

세상을 바꾸겠다, 얘기하면 좌중에서 웃음이 터졌다
그는 집에서 담배를 태웠고 문틈에 꽂힌 독촉장을 찢었다
일을 구하려고 애썼으나 실패했고 죽으려고 했으나 두려웠
다 골방과 거리를 오가면서 확신했다
시간이 얼마 남지 않았다

6

1966년 10월, 흑표범당은 정당 강령을 발표했다.
요약하면 다음과 같다.

우리가 믿고 원하는 것: 자유, 완벽한 고용, 보금자리, 올
바른 교육, 사랑, 비폭력, 인간 대접, 전쟁의 종말, 비옥한 땅
과 음식, 도시의 정원

이것이 목표다.

7

병사들이 날카로운 창끝으로 옆구리를 찌르면
너는 아파서 울 거야

약에 취한 아버지는 실종되었고
가계부채가 늘어갔다
여동생이 46.5 대 1의 경쟁률을 뚫고 9급 공무원이 됐다
어머니가 기뻐했다
살아 돌아오리라 약속했다

돌로 무덤을 세웠다 철근으로 콘크리트로 유리로 무덤을
세웠다 뼈로 살로 피로 무덤을 세웠다
　무덤이 하늘 높이 솟았다
　그것은 붕괴될 것이다

8

힘없는 자들이
입안에 독한 술을 털어 넣고
가장 아끼는 것을 박살 냈다

9

누구에게도 밝히지 않았지만
아버지는 부랑자였다

그는 정당한 보수를 받아본 적이 없었고
평생 일했다

결과가 어찌 됐건
그것은 왜곡되었다

형제들의 뒤통수는 하나같이
묵사발이 되었다

0

지난 태풍과 달리

이번 것은 별 피해 없이 지나갈 것이다

* The Hate U Give Little Infants Fucks Everyone.

김남주

노래

이 두메는 날라와 더불어
꽃이 되자 하네 꽃이
피어 눈물로 고여 발등에서 갈라지는
녹두꽃이 되자 하네

이 산골은 날라와 더불어
새가 되자 하네 새가
아랫녘 윗녘에서 울어예는
파랑새가 되자 하네

이 들판은 날라와 더불어
불이 되자 하네 불이
타는 들녘 어둠을 사르는
들불이 되자 하네

되자 하네 되고자 하네
다시 한번 이 고을은
반란이 되자 하네

청송녹죽(靑松綠竹) 가슴으로 꽂히는
죽창이 되자 하네 죽창이.

이시영

어느 날 죽음이……

어느 날 죽음이 나를 따라와 함께 누웠다
죽음은 나와 함께 일어나 세수하고
나와 함께 출근하여 사무를 보고
나와 함께 퇴근하여 인사동에 가 한잔하다가
나와 함께 집에 돌아와 같이 눕는다

어느 날 죽음이 나를 따라와 함께 누웠다
죽음은 나보다 먼저 일어나 내 칫솔로 양치질하고
나보다 먼저 출근하여 내 이름 위에 선명한 제 도장을
찍고
나보다 먼저 퇴근하여 인사동에 가 내 친구들과 함께 한
잔하다가
나보다 먼저 집에 돌아와 나를 기다린다

어느 날 죽음이 나를 따라와 함께 누웠다
죽음은 이제 나를 잊은 채 저 홀로 일어나 세수하고 양치
질하고
나를 잊은 채 저 홀로 출근하여 내 사무를 보고

저 홀로 퇴근하여 내 친구들과 함께 한잔하다가
나를 잊은 채 저 홀로 내 집에 돌아와
내 가족들 속에서 천천히 늦은 저녁 식사를 한다

어느 날 죽음이 나를 따라와 함께 누웠다
그러나 나는 지금 어디에 있는가?

이상국

어느 날 스타벅스에서

나에게는 이제 남아 있는 내가 별로 없다
어느새 어둑한 헛간같이 되어서
산그늘 옛집에 살던 때 일이나
살이 패리도록 외롭지 않으면
어머니를 불러본 지도 오래되었다

저녁내 외양간에 불을 켜놓고
송아지 나올 때를 기다리거나
새벽차를 타고 영을 넘던 일을 생각하면
지금의 나는 거의 새것이다

그동안 많은 것을 보고 그리워하기도 했지만
그 어느 것 하나 내 것이 아닌
나는 저 산천의 아들, 혹은
강가에 모래 부려놓고 집으로 가는 물처럼
노래하는 사람

나에게는 지금 내가 아는 내가 별로 없다

바퀴처럼 멀리 와 무엇이 되긴 되었는데
나도 거의 모르는 사람이 되었다
어느 날 스타벅스에서 커피를 마시는데
그 사람이 나를 물끄러미 바라본다

김경미

불참

너무 허름한 기분일 때 사람들은 무엇을 하는가
미안하다 오후 여섯시여, 오늘 나는 참석지 못한다

제4부

더 낮고
험한 곳으로

김승희

꿈틀거리다

꿈틀거리다
꿈이 있으면 꿈틀거린다
꿈틀거린다,라는 말 안에
토마토 어금니를 꽉 깨물고
꿈이라는 말이 의젓하게 먼저 와 있지 않은가

소금 맞은 지렁이같이 꿈틀꿈틀
매미도 껍질을 찢고 꿈틀꿈틀 생살로 나오는데
어느 아픈 날 밤중에
가슴에서 심장이 꿈틀꿈틀할 때도

괜찮아
꿈이 있으니까 꿈틀꿈틀하는 거야
꿈꾸는 것은 아픈 것
토마토 어금니를 꽉 깨물고
꿈틀꿈틀
바닥을 네발로 기어가는 인간의 마지막 마음

박성우

거미

거미가 허공을 짚고 내려온다
걸으면 걷는 대로 길이 된다
허나 헛발질 다음에야 길을 열어주는
공중의 길, 아슬아슬하게 늘려간다

한 사내가 가느다란 줄을 타고 내려간 뒤
그 사내는 다른 사람에 의해 끌려 올라와야 했다
목격자에 의하면 사내는
거미줄에 걸린 끼니처럼 옥탑 밑에 떠 있었다
곤충의 마지막 날갯짓이 그물에 걸려 멈춰 있듯
사내의 맨 나중 생이 공중에 늘어져 있었다

그 사내의 눈은 양조장 사택을 겨누고 있었는데
금방이라도 당겨질 기세였다
유서의 첫 문장을 차지했던 주인공은
사흘 만에 유령거미같이 모습을 드러냈다
양조장 뜰에 남편을 묻겠다던 그 사내의 아내는
일주일이 넘어서야 장례를 치렀고

어디론가 떠났다 하는데 소문만 무성했다
누가 먼저랄 것도 없이 아이들은
그 사내의 집을 거미집이라 불렀다

거미는 스스로 제 목에 줄을 감지 않는다

저문 강에 삽을 씻고

흐르는 것이 물뿐이랴
우리가 저와 같아서
강변에 나가 삽을 씻으며
거기 슬픔도 퍼다 버린다
일이 끝나 저물어
스스로 깊어가는 강을 보며
쭈그려 앉아 담배나 피우고
나는 돌아갈 뿐이다
삽자루에 맡긴 한 생애가
이렇게 저물고, 저물어서
샛강바닥 썩은 물에
달이 뜨는구나
우리가 저와 같아서
흐르는 물에 삽을 씻고
먹을 것 없는 사람들의 마을로
다시 어두워 돌아가야 한다

박홍식

시골길 가겟집에

흙먼지 뒤집어쓴 시골길 가겟집

흐린 유리문을 열자

주둥이가 뻘겋구

싸하게 치어오르는 사이다 한병이 있었다구 한다

그래서 어디서 봤다구

예전에 어디서 살았냐구 서로 되받구 하면서

지폐 한장 건네구 받는다구 하다가

물큰 만져지는 게 있었다구 한다

삼십년 전 서울하구 왕십리의 번지수를 맞추구

신혼으로 살았던 문간방을 들춰내다가 말구

얼싸안았다구 한다 애들처럼 울었다구 한다

그래서 검주름진 눈물과

수척하게 떠받은 그날들이

귀멀구

늙은 염소 같은 두 사내에게 닥쳐왔다구 한다

그렇게 멀리멀리 잊혀졌던 격정이

버스보다 낮고 길보다 초라하게 내려앉은

시골길 가겟집에 남아서 살구 있었다구 한다.

박철

빛에 대하여

봄빛은 지극한데
하얀 창가에 국밥집 아이와 애미가 밀담 중이다
아이가 며칠 울더니 오늘은 우는 애미를 달래고 있다
아이가 저리 힘들어하는 것을 보면
사랑도 노동이라는 생각이 든다
그러면 나는 일생을 노동자로 살아온 셈이다
내가 사랑을 하였다는 얘기가 아니라
거친 내 일생이 왜 사랑해야 하는가를 떠들고 있었다
버드나무도 봄빛을 배워 기운이 푸릇한 정이월
명창정궤란 보이는 정갈함만 이르는 게 아니라
거기 백자 같은 여지와 빛의 범람을 말하는 것일 텐데
오늘 아이의 저 스미는 사랑도 그렇게 부르고 싶다
빛은 제 눈이 없어 가리는 곳이 없구나
내가 받은 축복의 전부는 어떤 고난 속에서도
비좁은 밥집 안에도 봄빛은 내린다는 사실이었다
애야 신비롭지 않니 신비롭구나
그런 신비로움엔 기다림 외에 가는 길이 따로 없다
오래전 탯줄 타고 이미 당도해 있을지도 모를

내가 아무리 작아도 줄어들지 않는
또 거기 애틋한 분재 하나 몸 비틀고 있어도 좋으리
아이야
어느 누추한 담장 아래라도 화(華)해야 한다
맑기만 해도 안 되고 충만하기만 해서도 안 된다
맑고 가득하고 따뜻해야 한다

오늘은 춘이월 집으로 오는 길엔
골목 끝에서 아직 거칠게 싸움들이었다
먼지가 일고 헛발질에 입간판이 흔들렸다
말하자면 그들도 사랑을 하고 있는 것이다
좀처럼 가지 않는 겨울과
안달이 난 봄이 되어 뒹굴고 있는 아,
어디에나 있는 빛이다

이동순

잔설 1

우리가 생각하는 낮은 곳보다
더 낮고 험한 곳으로도 눈은 내린다
햇살에 저 매서운 빙정(氷晶)이 해체되기까지
눈은 내려서 내린 그대로 있고 싶어한다
그러나 우리들의 구두는 눈을 밟는다
헌 구두를 신은 사람은 헌 마음으로
새 구두를 신은 사람은 새 마음으로
겉으론 태연한 척 눈을 밟는다
눈보다 흰 눈을 우리가 밟고 갈 때
발길에 채이는 것은 눈의 순결이 아니라
순결이 아니라 우리들의 살점이다
눈을 밟으며 흰 살점을 도려내는
스스로의 아픔을 까마득히 잊고 있다
그리하여 눈은 잠 속으로 사라진다
사라진 후에도 돋아나는 비늘들
정말 무서운 것은 강한 햇살에 녹지 않고
구석에서 차갑게 번뜩이는 저 은비늘이다
단 몇마리의 삶을 위하여

수천의 알을 깔기는 물고기처럼
끝끝내 살아남는 몇점의 비늘을 남기려고
이 밤도 흰눈은 무작정 쏟아진다
우리가 생각하는 낮은 곳보다
더 낮고 험한 곳으로도 눈은 내린다
햇살에 저 매서운 빙정이 해체되기까지
눈은 내려서 내린 그대로 있고 싶어한다

김해자

광덕 부르스

눈꺼풀이 가물가물 내려오는
다 늦은 저녁에 무신 마을 회의를 간다고
단내 폴폴 나는 감자 쪄 들고
우정인 어매가 납작 엎드려 계단을 오르는디
엉거주춤 팔 하나 쭈욱 뻗어 계단에 올리고
팔 하나 납작 내려 다리 움켜잡고
흔들흔들 다리를 마악 들어 올리는디
어라, 마침 건너편에서 절뚝절뚝 걸어오던 종분씨가
후다다닥 달려와 우정인 어매 엉덩이를 살짝 받쳐 드는디
얼레, 허리에 두 손 받치고 뒤로 자빠질 듯 다가오던
금례씨가 넘어진 아이 안듯 어매를 일으켜 세우는디
얼쑤우, 허리에 기합 넣고 으드드득 일어서는디
아싸아, 흙 묻은 손바닥 탁탁 터는디
감자 껍질은 툭툭 벌어지는디
마침 감나무 가지에 걸린 저녁노을에
풋감도 은근슬쩍 물들어가는디

김용택

사랑

당신과 헤어지고 보낸
지난 몇개월은
어디다 마음둘 데 없이
몹시 괴로운 시간이었습니다.
현실에서 가능할 수 있는 것들을
현실에서 해결하지 못하는 우리 두 마음이
답답했습니다.
허지만 지금은
당신의 입장으로 돌아가
생각해보고 있습니다.
받아들일 건 받아들이고
잊을 것은 잊어야겠지요.
그래도 마음속의 아픔은
어찌하지 못합니다.
계절이 옮겨가고 있듯이
제 마음도 어디론가 옮겨가기를
바라고 있습니다.
추운 겨울의 끝에서 희망의 파란 봄이

우리 몰래 우리 세상에 오듯이
우리들의 보리들이 새파래지고
어디선가 또
새 풀이 돋겠지요.
이제 생각해보면
당신도 이 세상 하고많은 사람 중의
한 사람이었습니다.

당신을 잊으려 노력한
지난 몇개월 동안
아픔은 컸으나
참된 아픔으로
세상이 더 넓어져
세상만사가 다 보이고
사람들의 몸짓 하나하나가 다 이뻐 보이고
소중하게 다가오며
내가 많이도
세상을 살아낸
어른이 된 것 같습니다.

당신과 만남으로 하여
세상에 벌어지는 일들이 모두 나와 무관하지 않다는 것을
이 세상에 태어난 것을
고맙게 배웠습니다.
당신의 마음을 애틋이 사랑하듯
사람 사는 세상을 사랑합니다.

길가에 풀꽃 하나만 봐도
당신으로 이어지던 날들과
당신의 어깨에
내 머리를 얹은 어느 날
잔잔한 바다로 지는 해와 함께
우리 둘인 참 좋았습니다.
이 봄은 따로따로 봄이겠지요
그러나 다 내 조국산천의 아픈
한 봄입니다.
행복하시길 빕니다
안녕.

박형준

백열등이 켜진 빈집

동물이다. 날아다니는 동물이다. 내려오라, 밤이여. 알코올에 취한 새들이 늪에서 울고 있다.

아버지가, 석유를 먹고 온몸에 물집이 잡힌 어린 나를 등에 업고 강가를 달려가고 있다. 갈대의 뿌리를 갉아먹는 쥐떼가 머릿속에서 서걱거린다. 백열전구가 하얗게 빛난다. 빈집의 눈알이다.

그러나 내가 다가서면 빈집은 흔적도 없이 사라진다. 백열전구만이 달빛을 흘리며 빈집을 하얗게 밝히고 있다. 누가 불을 켜놓았을까. 밤이여, 장막을 내려라.

석유를 먹은 나와 노망든 할머니가 부엌에 앉아 콩나물 시루를 통째로 가마솥에 넣고 끓이고 있다. 콩나물에서 김이 무럭무럭 올라간다. 할머니가 콩나물을 하나 뽑아 내 입에 넣어준다. 나도 콩나물을 하나 뽑아 할머니의 입속에 넣어준다.

빈집은 어둠이 내려와야 살아 숨 쉰다. 거미줄 쳐진 굴뚝 속으로 정적이 내려온다.

신미나

이마

장판에 손톱으로
꾹 눌러놓은 자국 같은 게
마음이라면
거기 들어가 눕고 싶었다

요를 덮고
한 사흘만
조용히 앓다가

밥물이 알맞나
손등으로 물금을 재러
일어나서 부엌으로

김현

형들의 사랑

그들은 서로를 사랑하지 않습니다
죽은 생선을 구워 먹고
살아남기도 하는 사이니까요

허나
형들의 사랑을 사랑이 아니라고 말하지 말아요

그들의 인생이 또한
겨울이 오면 눈사람을 만들고
눈싸움을 하는 것이며

그들의 인생이 또한
영혼의 궁둥이에 붙은 낙엽을 떼어주는 것이며

그들의 인생이 또한
자식새끼 키워봤자 아무짝에도 쓸모없다
속 깊은 것이기 때문이지요

하느님
형들의 사랑을 보세요

점심에 하기 싫으면 저녁 먹고 하자
당신에게 말하고 노래하며
살구를 씻었습니다
기다려 내 몸을 둘러싼 안개 헤치고
투명한 모습으로 네 앞에 설 때까지
살구를 깨물고
과실 속에서 튀어나온 아내라는 시를 윤문하였습니다
여름비 잠시 멈춤
어제 본 아내의 내면은 주먹과 보자기
아내는 미나릿과에 속하는 얼굴로 창가에 앉아 담배를 피
웠습니다

살구씨를 한쪽에 모아 놓고
그들은 과연 하였습니다
밤마다 꿈속으로 가는 아내의

관자놀이에 거머리 여러마리를 놓아 꿈을 빨게 하였습
니다

인생은 어쨌든
끝과 시작
형들의 슬픔은 점점 커지고 배가 나오고
형들의 기쁨은 점점 넓어집니다 머리가 빠지지요

그들은 21세기
그들은 조선시대에 있습니다
숯불을 사용하고
돼지고기를 익혀 먹고
푸른 군락이라는 방식에 엎드려 있고
그런 생활사 속에서
헛수고를 물리치고
각자의 이불 속에서
역사적인 순간에 대하여 생각합니다
물러나십시오

광화문에서, 금남로에서, LA한인타운에서
옆 사람의 꿈나라
우리들의 천국

주저앉고 싶은 유혹도 많지만
존경과 사랑을 담아
등을 돌리고
들어봐
아내가 믿는 하느님의 나라는
미나리 한 상자
들어봐
시에 길라임을 넣어야겠어

그들은 서로를 사회합니다
겨울은 촛불잔치
영혼의 대자보는 떨어져 나가도
없는 자식인 셈 치고
시간을 설득합니다

안개를 헤치고 먹고사는 노부모처럼
또한 그들의 투쟁이
살구 한알에서부터 시작되고요

하느님
형들의 사랑을 보세요

허나
형들의 사랑을 사랑이 아니라고 말하지 말아요

유이우

풍선들

선을 위한 춤을 추었지
네~ 하고 대답하는
물결처럼 춰

하늘 밖으로는 못 가서

죽을 듯 살 듯
다음 생을 꿈꾼다면
어쩐지 조금 더 스웨터의 안쪽으로

안전한 곳을 생각하면
멍해진다
아직 죽지 않아서

어떤 춤들을 아름답게 하는 일이란

손택수

있는 그대로,라는 말

세상에서 제일 힘든 게 뭐냐면 있는 그대로더라
나이테를 보면서 연못의 파문을, 지문을,
턴테이블을, 높은음자리표와 자전거 바퀴를
연상하는 것도 좋으나
그도 결국은
나이테를 있는 그대로 보는 것만은 못하더라
누구는 아는 만큼 보인다고 했지만
평화 없이는 비둘기를 보지 못한다면
그보다 슬픈 일도 없지
나무와 풀과 새의 있는 그대로로부터 나는
얼마나 멀어졌나
세상에서 제일 아픈 게 뭐냐면,
너의 눈망울을 있는 그대로 더는
바라볼 수 없게 된 것이더라
나의 공부는 모두 외면을 위한 것이었는지
있는 그대로, 참으로
아득하기만 한 말

밤과 낮

북쪽 숲을 지나왔어 태어날 때의 형상은
한쪽이 길어지면 한쪽은 짧아진다 가려움은 한꺼번에 몰
려온다
우린 모두 연결되어왔어
그럴 때마다 이상한 기분에 휩싸였어 그런 날이 자주 왔어

트랙을 돌고 있다 이곳엔 울타리가 많아
농담들이 사는 곳 어떤 이름도
자주 뒤집히는 곳

새로운 색이 떠돌고 있어 어떤 색은
설명할 수 없을 만큼 많고
허리는 누구에게 가 있는 것일까

거기서 나와
돌고 있은 지 한참이 지났어

떠오른다고 생각하면

다리가 길어지는 기분이 든다 어깨가 물렁해진다
웃음이 많은 사람은 어딘가 외로워 보여
곁이 너무 환해서 점점 더 어두워지는 오후

토마토가 끓고 있는 냄새로 뒤덮였어 뜨거워
그렇게 못 견디겠다는 생각이 들 때

떨어지기 직전의 열매를 만난다
뿌리와 잎이 가장 멀어졌을 때, 어제와 내일이 가장 멀어
졌을 때

툭

신기해
오늘이 오는 시간

안도현

그리운 여우

이렇게 눈 많이 오시는 날 밤에는
나는 방에 누에고치처럼 동그랗게 갇혀서
희고 통통한 나의 세상 바깥에 또다른 세상이 있을 것이
라 생각하고
그 세상에도 눈이 이렇게 많이 오실 것인데
여우 한마리가, 말로만 듣던 그 눈도 털도 빨간 여우 한마
리가
나를 홀리려고 눈발 속을 헤치고
네발로 어슬렁어슬렁 산골짜기를 타고 내려올 것이라 생
각하고
그 산길에는 마을로 내려갈 때를 놓친 산수유 열매가 어
쩌면 붉어져 있기도 했을 터인데
뒤도 안 돌아보고 여우 한마리가, 우리집 마당에까지 와서
부르르 몸 흔들어 깃털에 쌓인 눈을 털며
이 집에 사람이 있나, 없나 기웃거릴 것이라 혼자 생각하고
메주 냄새가 나는 이불을 뒤집어쓰고
사타구니 속에 두 손을 집어넣고 쪼글쪼글해진
그리하여 서늘하기도 한 불알을 한참을 주물러보는 것

인데

그러면 나도 모르게 불끈 무엇이 일어서는 듯한 생기와 함께

나는 혹시나 여우 한마리가,

배가 고파서 마을로 타박타박 힘없이 걸어 내려왔을지도 모른다는 생각을 하고

사람 소리 하나 안 나는 뒤꼍에서

두리번두리번 먹을 것이 없나 하고 살피다가

일찍 군불 지펴 넣은 아랫방 아궁이가에 잠시 쭈그리고 앉았다가

산속에 두고 온 어린것들을 생각하고는

여우 한마리가, 혹시라도 마른 시래기 걸린 소도 없는 외양간 뒷벽에

눈길을 주다가 코를 벌름거리며

그 코끝에는 김나는 이슬 몇 방울이 묻어 있기도 할 것인데

아 글쎄 그 여우 한마리가, 아는 척도 하지 않는 사람들이 야속해서

세상을 차듯 뒷발로 땅바닥을 더러 탁탁 쳐보기도 했을
터인데
먹을 것은 없고
눈은 지지리도 못난 삶의 머리끄덩이처럼 내리고
여우 한마리가, 그 작은 눈을 글썽이며
그 눈 속에도 서러운 눈이 소문도 없이 내리리라 생각하
고 나는
문득 몇해 전이던가 얼음장 밑으로 빨려 들어가 사라진
동무 하나가 여우가 되어 나 보고 싶어 왔는지도 모른다
는 생각을 하고
자리를 차고 일어나 방문을 확 열어제껴보았던 것인데
눈 내려 쌓이는 소리 같은 발자국 소리를 내며
아아, 여우는 사라지고 ──
여우가 사라진 뒤에도 눈은 내리고 또 내리는데
그 여우 한마리를 생각하며
이렇게 눈 많이 오시는 날 밤에는
내 겨드랑이에도 눈발이 내려앉는지 근질근질거리기도
하고

가슴도 한없이 짠해져서 도대체가 잠을 이룰 수가 없었던 것이다

김선우

어라연

강원도 정선
어라연 계곡 깊은 곳에
어머니 몸 씻는 소리 들리네

──자꾸 몸에 물이 들어야
숭스럽게스리 스무살모냥······
젖무덤에서 단풍잎을 훑어내시네

어라연 푸른 물에 점점홍점점홍
── 그냥 두세요 어머니, 아름다워요

어라연 깊은 물
구름꽃 상여 흘러가는
어라연에 나, 가지 못했네

진은영

아름답게 시작되는 시

그것을 생각하는 것은 무익했다
그래서 너는 생각했다 무엇에도 무익하다는 말이
과일 속에 박힌 뼈처럼, 혹은 흰 별처럼
빛났기 때문에

그것은 달콤한 회오리를 몰고 온 복숭아 같구나
그것은 분홍으로 순간을 정지시키는 홍수처럼
단맛의 맹수처럼 이빨처럼
여자뿐 아니라 남자의 가슴에도 달린 것처럼
기묘하고 집요하고 당황스럽고 참 이상하구나
인유가 심한 시 같구나

그렇지만 너는 많이 달렸다는 이유만으로
어느 농부가 가지에서 모두 떼어버리는 과일들처럼……

여기까지 시작되다가
이 시는 멈춰버렸구나

투명한 삼각자 모서리처럼 눈매가 날카로운

관료에게 제출해야 할 숫자의 논문을 쓰고

"아무도 스무살이 이토록 무의미하다는 걸 내게 가르쳐

주지 않았어요"

라고 써보낸 어린 친구에게 짧은 편지를 쓰고

나보다 잘 쓰면서

우연히 나를 만나면 선배님 시를 정말 좋아했어요,라고

대접해주는 예절 바른 작가들에게,

빈말이지만, 빈말로 하늘에 무지개가 뜬다는 것은 성경에

도 나와 있는 일이니까,

빈말이 아니더라도 '좋아해요'와 '좋아했어요'의 시제가

의미하는 바를 엄밀히 구분할 줄 아는

나는 고학력의 소유자니까,

여전히 고마워하면서, 여전히 서로 고마워들 하면서, 그

동안 쓴 시들이 소풍날 깡통넥타와 같다는 거

어릴 적 소풍 가서 먹다 잊은 복숭아 깡통넥타를

나는 아마 열매 맺지 못할 복숭아나무 가지 사이에 끼워

놓았나보다, 바람이 불고 깡통 구멍이 녹슬어가고 파리인지

벌인지 모를 것이 한밤에도 붕붕거리고,

　그것은 너와 나의 어린 시절이 작고 부드러운 입술을 대
어보았던 곳, 그 진실한 가짜 맛

　그러다가 나는 문득 시작해놓은 시가 있으며

　어떤 이야기가,

　어떤 인생이,

　어떤 시작이

　아름답게 시작된다는 것은 무엇일까

　쓰러진 흰 나무들 사이를 거닐며 생각해보기 시작하는 것
이다

작품출전

제1부 우리는 이토록 생생한 봄을 상상했다

김수영 • 「책」, 『오랜 밤 이야기』(창비시선 201), 2000.12.

허수경 • 「아픔은 아픔을 몰아내고 기쁨은 기쁨을 몰아내지만」,
『내 영혼은 오래되었으나』(창비시선 203), 2001.2; 문학동네
2022.3.

문태준 • 「꽃 진 자리에」, 『맨발』(창비시선 238), 2004.8.

이제니 • 「옥수수 수프를 먹는 아침」, 『아마도 아프리카』
(창비시선 321), 2010.10.

최영숙 • 「울음이 있는 방」, 『골목 하나를 사이로』(창비시선 150),
1996.6.

정호승 • 「어머니를 위한 자장가」, 『이 짧은 시간 동안』(창비시선 235),
2004.5.

황유원 • 「별들의 속삭임」, 『하얀 사슴 연못』(창비시선 493), 2023.11.

강성은 • 「검은 호주머니 속의 산책」, 『구두를 신고 잠이 들었다』
(창비시선 303), 2009.6.

신용목 • 「새들의 페루」, 『바람의 백만번째 어금니』(창비시선 278),
2007.8.

유병록 • 「염소 계단」,『아무 다짐도 하지 않기로 해요』(창비시선 450), 2020.10.

박소란 • 「벽제화원」,『한 사람의 닫힌 문』(창비시선 429), 2019.1.

김기택 • 「껌」,『껌』(창비시선 298), 2009.2.

안현미 • 「아버지는 이발사였고, 어머니는 재봉사이자 미용사였다」,『사랑은 어느날 수리된다』(창비시선 374), 2014.5.

이장욱 • 「돌이킬 수 없는」,『생년월일』(창비시선 334), 2011.8.

주하림 • 「작별」,『비벌리힐스의 포르노 배우와 유령들』(창비시선 358), 2013.3.

조연호 • 「저녁 수집벽」,『천문』(창비시선 312), 2010.2.

김경후 • 「입술」,『오르간, 파이프, 선인장』(창비시선 412), 2017.8.

전동균 • 「단 한번, 영원히」,『우리처럼 낯선』(창비시선 375), 2014.6.

천양희 • 「터미널 간다」,『마음의 수수밭』(창비시선 122), 1994.10.

백무산 • 「소를 끌고」,『이렇게 한심한 시절의 아침에』(창비시선 442), 2020.3.

최정례 • 「코를 골다」,『개천은 용의 홈타운』(창비시선 383), 2015.2.

심재휘 • 「신발 모양 어둠」,『그래요 그러니까 우리 강릉으로 가요』(창비시선 468), 2022.1.

양애경 • 「이모에게 가는 길」,『바닥이 나를 받아주네』(창비시선 162), 1997.5.

제3부 발바닥이 다 닳아 새살이 돋도록

신경림 • 「목계장터」, 『새재』(창비시선 18), 1979.3.

조태일 • 「국토서시(國土序詩)」, 『국토』(창비시선 2), 1975.5.

민　영 • 「수유리에서」, 『엉겅퀴꽃』(창비시선 59), 1987.3.

나희덕 • 「귀뚜라미」, 『그 말이 잎을 물들였다』(창비시선 125), 1994.10.

이근화 • 「산갈치」, 『뜨거운 입김으로 구성된 미래』(창비시선 463), 2021.9.

김명수 • 「안동포」, 『하급반 교과서』(창비시선 39), 1983.5.

곽재구 • 「사평역에서」, 『사평역에서』(창비시선 40), 1983.5.

고형렬 • 「사북(舍北)에 나갔다 오다」, 『오래된 것들을 생각할 때에는』(창비시선 444), 2020.5.

김사인 • 「코스모스」, 『가만히 좋아하는』(창비시선 262), 2006.4.

김중일 • 「매일 무너지려는 세상」, 『가슴에서 사슴까지』(창비시선 424), 2018.7.

엄원태 • 「말이 필요한 게 아니다」, 『물방울 무덤』(창비시선 272), 2007.2.

이정훈 • 「오버런」, 『쏘가리, 호랑이』(창비시선 441), 2020.3.

이성부 • 「전태일군(君)」, 『백제행』(창비시선 12), 1977.7.

도종환 • 「화인(火印)」, 『사월 바다』(창비시선 403), 2016.10.

최지인 • 「마카벨리전(傳)」, 『일하고 일하고 사랑을 하고』(창비시선 472), 2022.3.

김남주 • 「노래」, 『사랑의 무기』(창비시선 72), 1989.4.

손택수 • 「있는 그대로,라는 말」, 『붉은빛이 여전합니까』

(창비시선 440), 2020.2.

안미옥 • 「밤과 낮」, 『온』(창비시선 408), 2017.4.

안도현 • 「그리운 여우」, 『그리운 여우』(창비시선 163), 1997.7.

김선우 • 「어라연」, 『내 혀가 입 속에 갇혀 있길 거부한다면』

(창비시선 194), 2000.2.

진은영 • 「아름답게 시작되는 시」, 『훔쳐가는 노래』(창비시선 349),

2012.8.

창비시선 500 특별시선집

한 사람의 노래가 온 거리에 노래를

초판 1쇄 발행 / 2024년 3월 29일

지은이 / 신경림 외
펴낸이 / 염종선
책임편집 / 이진혁 박지호 이주원
조판 / 박지현
펴낸곳 / (주)창비
등록 / 1986년 8월 5일 제85호
주소 / 10881 경기도 파주시 회동길 184
전화 / 031-955-3333
팩시밀리 / 영업 031-955-3399 편집 031-955-3400
홈페이지 / www.changbi.com
전자우편 / lit@changbi.com

ISBN 978-89-364-0301-0 03810